Miral al-Tahawi

Die blaue Aubergine

*Zu diesem Buch*

Das Mädchen Nada kommt blau angelaufen zur Welt. Die Eltern nennen es zärtlich-spöttisch »blaue Aubergine« und haben höchste Erwartungen: eine Prinzessin wird aus ihr, meint die Mutter, eine Weltraumforscherin, glaubt der Vater. Irgendwann findet sich Nada an der Uni wieder und versteht die Welt und ihren Körper nicht mehr. Sie verhüllt sich, versteckt sich unterm Kopftuch und sucht Zuflucht bei den religiösen Parolen der Islamisten. Aber auf ihre drängenden Fragen zu Liebe und Politik, Gesellschaft und Erwachsenwerden findet sie weder in der Tradition noch in der Revolte eine Antwort.

»Faszinierend sind die schönen Bilder, die kräftige Sprache, mit der die Autorin ihre Gefühle in Worte fasst. Die verschlüsselte oder offene Schilderung von Liebe und Sexualität sind in Ägypten auf Lob, aber auch auf viel Kritik gestoßen.«
*Larissa Schulz-Trieglaff, Neues Deutschland, Berlin*

*Die Autorin*

Miral al-Tahawi, geboren 1968 in Sharqiya, wuchs in einer Beduinenfamilie auf. Sie studierte Literaturwissenschaft und arbeitet zurzeit als Lehrbeauftragte an der Kairoer Universität. »Das Zelt«, 1996 erschienen, ist ihr erster Roman und wurde in mehrere Sprachen übersetzt. 1998 folgte ihr zweiter Roman, »Die blaue Aubergine«, für den sie als erste Schriftstellerin den ägyptischen Förderpreis für Literatur erhielt.

Im Unionsverlag ist außerdem lieferbar: »Das Zelt«.

*Die Übersetzerin*

Doris Kilias, geboren 1942, studierte Arabistik und Romanistik in Berlin. Nach enem Aufenthalt in Kairo folgte 1974 die Promotion über ägyptische Kurzprosa und 1984 die Habilitation über algerische arabofone Literatur. Heute arbeitet Doris Kilias als freie Übersetzerin in Berlin.

# Miral al-Tahawi

# Die blaue Aubergine

Aus dem Arabischen von
Doris Kilias

Unionsverlag
Zürich

Die Originalausgabe erschien 1998
unter dem Titel *Al-Badhingana az-zarqa'* in Kairo.
Die deutsche Erstausgabe erschien 2002
im Unionsverlag, Zürich.

Die Übersetzung aus dem Arabischen wurde
unterstützt durch die Gesellschaft zur
Förderung der Literatur aus Afrika, Asien
und Lateinamerika e.V. in Zusammenarbeit
mit der Kulturstiftung PRO HELVETIA.

*Im Internet*
Aktuelle Informationen,
Dokumente, Materialien
*www.unionsverlag.com*

Unionsverlag Taschenbuch 301
Die vorliegende Ausgabe erscheint
mit freundlicher Genehmigung
der American University in Cairo Press.

Rieterstrasse 18, CH-8027 Zürich
Telefon 0041-1-281 14 00, Fax 0041-1-281 14 40
mail@unionsverlag.ch

Reihengestaltung: Heinz Unternährer, Zürich
Umschlaggestaltung: Vanina Steiner, Zürich
Umschlagfoto: Bavaria/Christian Michaels
Druck und Bindung: Clausen & Bosse, Leck
ISBN 3-293-20301-9

Die äußeren Zahlen geben die aktuelle Auflage
und deren Erscheinungsjahr an:
1 2 3 4 5 - 07 06 05 04

*Für den kleinen Jungen,*
*der all meine Schmerzen teilte,*
*für meinen Bruder – Machmud*

# I

# Die Schaukel

Meine Mutter wollte aus mir eine Prinzessin machen. Deshalb zog sie mir zu kleine Schuhe an und band ein junges Fohlen, dem sie meinen Namen gab, an den Kampferbaum neben unserem Haus. In der Nacht erzählte sie mir von dem Kummer, der sie bedrückte. Bestimmt würde ich noch ein klein wenig größer werden, weil alle Prinzessinnen groß und schlank seien. Mein Vater wollte, dass ich Weltraumforscherin werde, und wenn ich dann vielleicht großartige Dinge entdeckte, würde eine der Galaxien seinen Namen tragen. Er setzte voraus, dass ich ein Genie sei, und mir blieb nichts anderes übrig, als auch davon überzeugt zu sein.

Mein Bruder spricht nicht darüber, was er von mir erwartet, aber auch wenn er nichts sagt, versuche ich ihm zu beweisen, dass ich eine Heilige bin. Ich bete oft und flehe um Vergebung für Sünden, die ich mir in meinen Träumen ausmale.

Schon bald entdeckten meine Eltern, dass ich eine Enttäuschung sein würde. Ich brauchte länger, um zu begreifen, dass ich ein Mädchen wie alle anderen bin. Ich träumte davon, dass am Kampferbaum ein Reiter mit einem Pferd ankommt, der mir seine Liebe erklärt und mich im Mondenschein von der Veranda entführt, damit wir neue

Welten entdecken. Es wäre uns nicht wichtig, ihnen den Namen meines Vaters zu geben, wir würden nur die Buchstaben unserer Namen einritzen, erfüllt vom Glauben, dass Gott barmherzig ist und die Liebe für keine schwere Sünde hält.

Es dauerte lange, bis ich herausfand, was ich war, deshalb begnügte ich mich erst einmal damit, einen Fisch zu kaufen, dem ich den Namen Irma gab. Irma tanzte vor mir in ihrer Kristallschale, während ich voll und ganz damit beschäftigt war, meine fehlgeschlagenen Hoffnungen zu erkunden und mir inbrünstig zu sagen, dass meine Genialität erst noch entdeckt werden muss.

»Und schlägt das letzte Stündelein,
gibt's weit und breit kein Jüngelein,
zum Trost in größter Not.«

Mit dieser Klage empfing die Großmutter das Neugeborene. Es sah wie eine blaue Aubergine aus, denn es hatte es nicht geschafft, länger als sieben Monate im Bauch der Königin Nariman zu bleiben. Dass sich der Bauch der Königin bereits wenige Monate nach der Hochzeit hervorwölbt, ist eine peinliche Angelegenheit. Ihre Freundinnen, in deren Mitte sie auf der Veranda sitzt, haben die enthaarten Beine übereinander geschlagen und fragen spitz: »Wozu diese Eile, Liebste? Es schadet deiner Gesundheit.«

Die mollige Tante Habiba, die noch schnell den letzten

Rest Crème caramel vom Teller kratzt, lacht träge und erklärt: »Entweder lebt man, oder man hat Kinder.«

Tante Nawal raucht, tanzt, ahmt beim Gehen Raga al-Gadawi nach und hebt jede Nummer der Zeitschrift *Eva* auf. Sie drückt ihre Zigarette im Aschenbecher aus, zeigt mit dem Finger aufs Gesicht der Königin und sagt: »In deinem jetzigen Zustand braucht dein Gesicht dringend Jogurt, sonst bekommst du Sommersprossen. Um die Augen herum solltest du nur ganz sacht Feuchtigkeitscreme auftragen, am besten massierst du von unten nach oben, also in Gegenrichtung der Lider.«

Tante Faukija, die Lehrerin, sagt nichts. Sie strickt Sachen fürs Baby und sieht noch trauriger aus als sonst, sie hat nämlich keine Kinder.

Saad Pascha freut sich auf das Kind. Er hat keine Geschwister und wünscht sich eine Familie, die größer als ein ganzer Stamm ist. Die Jungen werden ihm eine Stütze und die Mädchen Mutter, Schwester, Tochter sein, und wenn es noch mehr gibt, wird er in seinem großen Herzen genug Platz für alle finden. Er tut seine Freude in Briefen kund, die die Königin unter ihrem Kopfkissen aufhebt.

Saad Pascha arbeitet als Chirurg an der Front, genauer gesagt im Militärhospital Tall al-Kabir. Wenn die Lampen bei Angriffen ausgehen, zeigt sich, was für ein tapferer Mann er ist. Er scheut vor den Verbrennungen und amputierten Gliedern der Soldaten in den Kampfanzügen nicht zurück. Und wenn Königin Nariman im Schein der Kerosinlampe sitzt und stickt, erinnert sie sich daran, dass sie in einem kleinen Dorf und nicht in Kairo oder Alexandria lebt. Sicher, es ist das Land ihres Vaters und ihres Großvaters, aber alle Freundinnen und Cousinen, die in den Ferien oder zu Festen eingeladen werden, um sich die Bauern anzusehen, nennen diesen Ort einfach nur »die Farm«. Sie ist dann noch trauriger als sonst, weil sie das Gefühl bedrückt, am falschen Platz zu sein. Betrachtet sie ihren dicken Bauch, nimmt sie sich vor, sobald das Kind auf der Welt ist, über seine Zukunft und seine Erziehung in einer passenderen Umgebung zu reden.

Im Sternzeichen Krebs, im Jahr des Affen, im siebenundsechzigsten Jahr nach 1900, wird das Kind um Mitternacht aus dem Leib von Königin Nariman rutschen. Als die Strahlen am Himmel von einem neuen Angriff künden und der Lärm der Bomben nicht fern ist, steht inmitten der Finsternis fest, dass die Königin ihr Kind nur mithilfe der Großmutter und ohne Kreißsaal, Betäubungsmittel und sterile Geräte gebären muss. Großmutter Sitti wird die Nabelschnur mit einem Küchenmesser durchtrennen, und da es nicht scharf genug ist, schärft sie es mit dem Bimsstein, mit dem sie sonst ihre Fersen schrubbt. Sie stopft der Königin einen Lappen in den Mund, und erst nach dem Angriff stellt sich heraus, dass er schmutzig war. Aber auf irgendetwas muss eine Gebärende ja beißen, und in dem schwachen Schein des Öllämpchens war es unmöglich, zwischen Schwarz und Weiß zu unterscheiden. Ist die Nachgeburt gekommen und hat Großmutter Sitti der Königin den Schweiß abgewischt, wird sich herausstellen, dass die Flasche kölnisch Wasser, mit dem die Wunde gereinigt werden sollte, so gut wie leer ist.

Sind sieben Tage verstrichen, wird niemand die Geburt der blauen Aubergine feiern, mit der die Königin beschenkt worden ist. Denn der Vater ist noch nicht zurückgekommen, und die überstandenen Angriffe stellen sich als die Niederlage von 1967 heraus. Die Königin klappert mit den Zähnen aus Angst vor einem Wundstarrkrampf, der sich nach dieser barbarischen Entbindung möglicherweise einstellt. Nie im Leben hatte sie sich vorgestellt, etwas derart Entsetzliches hinter sich bringen zu müssen.

Nach weiteren sieben Tagen sollte der Vater heimkehren, mit einer schlaff herunterhängenden Hand, die wie gelähmt aussieht. Seine Freunde in den weißen Kitteln werden später sagen, dass »seine Nerven es nicht mehr ausgehalten haben«. Er würde nicht glauben, dass sich das, was im Bauch seiner Frau gewachsen war, bereits in eine blaue Aubergine verwandelt hatte, denn eigentlich hätte es ja noch etliche lange Tage dauern sollen. Auf den ersten Blick wird er erkennen, dass das Kind zu früh geboren, die Nabelschnur nicht ordentlich abgebunden und der Nabel deshalb aufgebrochen ist, sodass die kleinen Därme, die noch hätten wachsen müssen, zum Vorschein kommen. Von nun an wird er ständig den Verband wechseln, sich um den Nabel und das Wachsen der Aubergine kümmern und feststellen, dass sie bereits im ersten Monat zu einem Lächeln fähig ist. Die Mutter wiederum sollte erstaunt bemerken, dass er nur wegen des Stücks Fleisch sein Schweigen überwand, obwohl man diesem angeblich großen Wunder noch nicht einmal einen Namen gegeben hatte, ein Ereignis, das es erforderte, ein Lamm zu schlachten und die Tanten Habiba, Nawal, Faukija und alle anderen, die immer zu Festmahlen kamen, einzuladen. Es gab ein großes Treffen. Mitten auf der Torte standen sieben Kerzen, von denen jede einen Namen bekam: Nadja, Nani, Narmin, Nada, Naschwa, Nahla und Nagla. Königin Nariman liebte den Buchstaben N, weil er betont gedehnt und durch die Nase gesprochen wurde, also im Vergleich mit dem M und dem J mehr Zeit in Anspruch nahm, und weil die Königin den Namen Nariman trug, obwohl sie nicht so hieß. Seit dem Tag, an dem sie ihr Foto in einem Rahmen aufgestellt hatte und alle ihre Freundinnen behaupteten, sie habe Ähnlichkeit mit der richtigen Nariman auf deren Hochzeitsfoto, nannte sie sich so. Sie war so stolz auf diesen Namen, dass sie ihren richtigen vergaß. Ihre Tochter sollte nun einen erhaben klingenden Namen bekommen, der zu einer Prinzessin passte. Saad Pascha sagte »Nada«, also blieb diese Kerze bis zum Schluss brennen, und nachdem der Name gefunden war, betete man darum, dass das Kind mit dem verbundenen Nabel lange leben möge, obwohl alle vom Gegenteil überzeugt waren. Da ja aber auch die Toten einen Namen brauchen, mit dem die Engel sie ansprechen können, hieß das Kind also Nada. Später, als das Mädchen alt genug war, um Tagebuchnotizen, Geschichten und Gedichte zu schreiben, begnügte es sich damit, unter die letzte Zeile ein N zu setzen.

Im ersten Jahr begann das Mädchen zu sprechen. Es war klein und dünn und der Kopf größer als der Körper.

Die Beine konnten es kaum tragen. Es sah wie ein kleiner Clown aus, und ob es nun schwieg oder plapperte oder mit den Ärmchen fuchtelte, es wirkte immer komisch. Saad Pascha nahm das Kind auf den Arm, warf es in die Luft und sagte: »So 'n kleines Häufchen und kann schon fliegen.« Das »Häufchen«, dieser dünne Körper, flog hinauf und fiel wieder in seine Arme und gluckste fröhlich, so wie man das von den Babys auf der Dosenmilch und den Talkpuderbüchsen kennt. Das Lachen war durchaus ähnlich, aber der Körper gab Großmutter Sittis Vorhersage Recht, dass nämlich dieses Mädchen gerade einmal »eine Nadel wert« sei, was heißen sollte, dass man für sie auf dem Heiratsmarkt nur so viel bekommen würde, wie eine Nadel kostete. Saad Paschas Antwort lautete in solch einem Moment immer: »So ein Unsinn, meine Tochter ist schön wie der Mond.« Aber für die Mutter war der Affe nun mal keine Gazelle, und außerdem hatte sie mit einer neuen Frucht zu tun, denn wieder wölbte sich ihr Bauch, und sie freute sich ungemein. Der Vater zog wieder an die Front, und in seinem Marschgepäck war ein Tonband, auf dem das Gegluckse des Auberginenäffchens aufgezeichnet war, das für ihn sang:

»Verheiratet schon, mein Augenlicht,
mit Silberwanne und glänzendem Löffel
verführten sie dich.«

Saad Pascha konnte über ihr possierliches Geplapper lachen, er hielt sie eben für einen kleinen Clown. Die

Königin hingegen empfand sie als »Unglück«, wenn sie mit ihren Liedern und Sprüchen ankam, die sie vor allem bei ihrer Großmutter Sitti aufschnappte, dann aber auch bei allen möglichen jungen Dienerinnen. Wann immer die Mutter merkte, dass das Kind ein schlechtes Wort oder eine unziemliche Geste von einer Angestellten gelernt hatte, wurde diese durch eine neue ersetzt.

Die Mutter tauschte eine Dienerin nach der anderen aus, aber die Tochter schnappte trotzdem immer neue Dinge auf, über die der Vater herzlich lachte. Er nahm auch noch andere Lieder auf, zum Beispiel »Soll ich lieben oder reuen, ach, liebe Leute, ratet mir doch ...« oder »Die Locken meines Liebsten glänzen wie Fett ...«.

Die Posse wird ihren Höhepunkt erreichen, als sich das Mädchen einmal Bier in ein Glas goss, das allerdings nicht größer als ein Mokkatässchen war. Nach dem zweiten Schluck fiel es betrunken auf den Boden, und dem Vater standen vor Lachen Tränen in den Augen. Der Königin blieb nichts anderes übrig, als starr zu lächeln und das Kind, das sie innerlich als »Teufelsbrut« verwünschte, zu Bett zu bringen. Nicht lange, und sein Hals wird Bekanntschaft mit dem Bettpfosten machen, und da der Vater fort ist, kann es so lange heulen, wie es will. Das Mädchen hatte nämlich der Königin mit dem kleinen Finger in den Schenkel gepikt, und dann kam wie ein Blitz aus heiterem Himmel das Wort »Teckerziege«. Noch von Entsetzen gepackt, übersetzte sich die Mutter das Wort, indem sie aus dem T korrekterweise ein M machte. Die Stelle, an der sich der Finger ins Fleisch gebohrt hatte, war deutlich zu sehen. Auch wenn allen klar war, dass diese kleine Närrin das Wort irgendwo aufgeschnappt und in aller Unschuld nachgeplappert hatte, fand eine Sitzung statt, an der außer den Tanten Habiba, Nawal und Faukija noch andere Damen teilnahmen. Nach langer Diskussion über diesen ungeheuren Vorfall tat man dem Kind Chilipulver in den Mund, band es am Bettpfosten fest, nahm ihm die Puppe weg und löschte das Licht. Man kam überein, den bereits vorhandenen Benennungen, angefangen bei blauer Aubergine über Äffin bis hin zu Clown, eine weitere hinzuzufügen, nämlich »Straßengöre«. So geschah es denn auch, für lange Zeit hieß das Mädchen nur »Straßengöre«.

»Macht das Tor auf,
die Büffelkuh kriegt ein Kind,
macht das Tor auf, geschwind,
die Kuh hat ihr Kind.«

Die Aubergine hat drei Großmütter. Großmutter Sitti trägt schwere halbmondförmige Ohrringe, ein mit silbrigen Plättchen gesäumtes Kopftuch und eine bunt gemusterte Galabija. In einer Plastiktüte, auf der »Bata« steht, trägt sie Schuhe mit sich herum, die, wie sie sagt, aus echtem Leder gemacht sind. Deshalb zieht sie sie auch nicht an. Sie besitzt einen Tüllschleier aus dem Higaz, den sie ebenfalls in einer Tüte aufhebt. Sitzt sie auf der niedrigen Bank aus Lehm, die sich an den Wänden ihres Zimmers entlangzieht, starrt die Aubergine nicht die Vögel an, die auf ihren Schläfen tätowiert sind, sondern die vielen schwarzen Flecken, die wie Brandmale aussehen. Sie lassen sie nachts keinen Schlaf finden. Als hätte sie vergessen, dass sie die Großmutter schon oft danach gefragt hat, tut sie es immer wieder: »Was ist das, Sitti?« Die Großmutter wird nicht ärgerlich, sie kennt weder Ärger noch Traurigkeit. Sie lacht einfach nur schallend, und hat sie vor lauter Lachen Tränen in den Augen, ächzt sie und sagt: »Die Zeit ist über mein hübsches Gesicht gezogen, mein Junge ist ein Mann, das Haar ergraut, und alle Sorgen haben ihre Spuren hinterlassen.«

Diese Großmutter weiß auch, wie man tanzt. Die Aubergine hat sie schon oft vor dem Schrankspiegel tanzen gesehen. Zum Schlafen zieht sie ein Nachthemd an, dessen Stoff sie »satän lamee« nennt. Vorne auf der Brust ist das Hemd mit glitzernden Plättchen besetzt. In jeder Galabija hat sie einen kleinen Spiegel und eine Pinzette stecken. Für ihre Augenbrauen braucht sie keine Pinzette, sie sind kahles Land, auf dem nur hier und da etwas sprießt, aber ihr Kinn und die Oberlippe haben sie nötig, weil da viele Stoppeln sind.

Großmutter Sitti wohnt am Ende des Gartens, hinter dem zerfallenen Mäuerchen, wo sich Reis- und Hirsefelder mit Mango- und Apfelsinenhainen abwechseln. Großmutter Sitti setzt sich auf das Mäuerchen und lässt die Beine in den kleinen Wasserkanal baumeln. Um sie herum laufen Hühner, Kaninchen und Truthähne, die die Aubergine laut kollernd verfolgen. Großmutter Sitti fischt mit den Fingern Blutegel aus dem Kanal, steckt sie an eine

Rute und bringt der Aubergine das Angeln bei. Einmal hat sie einen Igel gefangen und ihn unter ihrem Bett in einen Karton gesperrt, damit die Aubergine, wenn sie wieder einmal von zu Hause entwischt und zu ihr kommt, mit ihm spielen kann. Das Bett ist aus Messing, das parfümierte Laken immer strahlend weiß und die Tagesdecke rosa. Steckt Großmutter Sitti die Aubergine ins Bett, schläft sie auf der Stelle ein. Obwohl das Zimmer keine Holzdecke hat und der Boden mit Sand bedeckt ist, den die Großmutter jeden Morgen mit ihrem Waschwasser besprengt, und in den Ritzen ein paar Ameisen und Flöhe krabbeln, liebt es die Aubergine, neben der Großmutter auf der Matte zu sitzen und für die Küken Teig zu bröseln. Sie jagt auch gern den kleinen Kaninchen hinterher, wenn sie auf dem Hof gegenüber frei herumlaufen. Keiner schafft es, sie einzufangen, das kann nur die Aubergine. Sie zieht die Schuhe aus, steckt einen Zipfel des Kleids in den Mund, und dann rennt sie wie ein wütender Hund los und wirft sich auf die Kaninchen. Wenn sie vom Laufen und Auf-die-Bäume-Klettern müde ist, kauert sie sich in den Schoß der Großmutter, um sich die Geschichte von den Granatäpfelkernen in der goldenen Schale erzählen zu lassen. Oder die Großmutter flicht die groben Finger ineinander und spielt mit ihr »Macht das Tor auf, geschwind«. Die Aubergine lacht und fährt fort: »Denn die Büffelkuh hat ihr Kind.« Dann nimmt sie ihre Beute und geht nach Hause, und wenn sie mit dem Pappkarton mit den Löchern ankommt, späht die Königin schon von weitem, was sie da hat.

In dem Karton hockt dieses Mal ein weißes Kaninchen, es ist stumm. Großmutter Sitti hat ihm den Namen Fulla gegeben. Es hat einen kleinen Mund und frisst Grasstängel. Warum wirft die Mutter den Karton aus dem Fenster? Warum schreit sie: »Was soll ich bloß mit dir machen, du Straßengöre und Stallknecht?« Statt etwas zu erwidern, wird die Aubergine versuchen, sich nicht darum zu kümmern. Sie wird es wie Großmutter Sitti machen, also einfach lächeln. Ein einziger kurzer Blick aus den Augenwinkeln wird die Mutter treffen, ein Blick, in dem Hass oder Wut oder Vorwurf liegen. Und weint sie in der Nacht, wird es niemand sehen. Im Traum wird sie sich wie ein Kaninchen einen dunklen Tunnel graben, sie lässt ihre Tränen hineinfließen und martert sich mit dem Zweifel, ob diese Frau, die man Königin Nariman nennt, wirklich ihre Mutter ist. Ob sie tatsächlich aus dem Leib dieser Frau herausgekommen ist, in jener dunklen Nacht, da gleißende Strahlen den Himmel absuchten und das Zimmer mit Schreien erfüllt war, das ein dreckiger Lappen dämpfen sollte. Niemand hatte es mit Absicht getan, der Lappen war zufällig in den Mund gekommen, aber daran konnte die Königin gleich erkennen, dass die Existenz der Aubergine ein Unglück war und alles, was sie sich vom Leben erhoffte, zunichte gemacht worden war. Die Aubergine sollte das erst viel später begreifen, dann nämlich, als sie viele Seiten gelesen und viele Zeilen zu Papier gebracht hatte, die sich alle mit einem Thema beschäftigten – Auflehnung, Schuldgefühl, Feindschaft zwischen Mutter und Tochter. Erst als die Aubergine zutiefst verletzt und völlig gebrochen war, würde sie spüren, dass in der Brust der Mutter ein mitfühlendes Herz schlug; erst dann, als der Junge, den sie liebte, die Tür des Autos öffnete und sagte: »Ich will dich nie mehr sehen.« Erst dann würde sie erleben, was für ein weites Herz die Mutter besaß, erst dann würde sie ihr einige Dinge verzeihen können.

Die zweite Großmutter heißt Scharifa, die »Ehrwürdige«. Die Aubergine nennt sie »die ehrwürdige Großmutter«. Ihre Mutter sagt über sie, dass sie eine »echte arabische Scheichin, eine Beduinin« sei, und Saad Pascha hat großen Respekt vor ihr und küsst ihr die Hand. Die Hand ist schwarz, und die Adern wölben sich hervor. Sie trägt eine Menge Armreife und Ringe. Ihre Schultern bedeckt eine Abaja, und um den Kopf hat sie einen Ikal geschlungen. Die Nase ist dünn und spitz, sie sieht wie ein Habichtsschnabel aus. Sie sei ein »trockener Hirsestängel«, ein »Honigkrug mit silbernen Henkeln«, meint Großmutter Sitti, und dann lacht sie und fährt fort: »Bloß leider leer, trotzdem stolziert sie immer noch herum. Wieso, wenn doch der ganze Honig ausgekippt ist?«

Großmutter Sitti kann Großmutter Scharifa nicht ausstehen. Sie verbirgt ihren Hass nicht, denn für sie ist Großmutter Scharifa noch immer bloß eine Nebenfrau, obwohl der Beglücker, wie man den Ehemann nennt, längst gestorben ist. Großmutter Sitti öffnet ihren Halsausschnitt, lässt die grüne Perlenkette zwischen den Brüsten tanzen, lacht und sagt: »Wie es heißt, waren auf dem

Markt Kinder billig zu haben, aber bei ihr hat man den Preis erhöht, und da kam sie unverrichteter Dinge zurück.«

Was heißen soll, dass es zwar Kinder in Hülle und Fülle gibt, mehr als man Sorgen im Herzen hat, aber wenn eine Unfruchtbare auf den Nachwuchsmarkt zieht, wird jeder Preis zu hoch sein. Großmutter Sitti verachtet Großmutter Scharifa, weil sie keine Kinder zur Welt gebracht hat, weder Jungen noch Mädchen. Obwohl Sitti »unten« wohnt, wie die Königin immer sagt, lebt sie doch im Haus ihres Sohns, und ob sie da Sklavin oder Herrin ist, spielt keine Rolle. Großmutter Scharifa hingegen wohnt weit weg. Eine ganze Schar von Dienern umgibt sie, denn ist sie nicht eine »echte arabische Scheichin«, die einen Ikal trägt, auf einem Pferd reitet und deren Diener nebenherrennen und die Rosse antreiben? Der feierliche Aufzug von Großmutter Scharifa findet nur bei besonderen Anlässen statt, deshalb erschien sie auch nicht an dem Tag, an dem die Aubergine geboren wurde. Aber sie kam zur Feier für die nächste Frucht, denn das ist ein Junge, der den Namen seines Vaters und seines Großvaters tragen wird. Großmutter Sitti tanzt, ein Tuch um die Hüften gebunden, auf der langen Bank, und die Frauen, die sich bei ihr eingefunden haben, klatschen oder trommeln den Rhythmus auf die Waschschüssel und singen:

»'nen kleinen Prinzen hab ich nun,
wir wolln ihm alle Ehre tun.«

Großmutter Scharifa thront auf der Veranda und schaut von oben dem Treiben und Lärmen zu. Ein ums andere Mal schüttelt man ihr die Kissen auf. Vor ihr hockt Saad Pascha, neben ihm sitzt die Königin. Man reicht der Großmutter Kaffee, heißt sie immer wieder willkommen und versichert ihr, was für Ehre und Segen ihr Besuch bedeute und dass sie das ganze Haus erleuchte.

Sie nickt, sagt aber kein Wort. Jedem, der kommt oder geht, hält sie die Hand hin, damit er sie küsst. Wenn sie sich erhebt, springen ihre Diener auf. Sie lässt es nicht zu, dass Saad Pascha sie nach Hause bringt. »Solch ein motorisiertes Ding ist was für Leute mit Tarbusch«, sagt sie und steckt in das Wickeltuch des Knaben einen Viertelpfund-Schein. Sie hält das für viel Geld, und natürlich wird ihr Saad Pascha dankbar die Hand küssen. Nach ihrem Abgang wagt es die Königin nicht, sich über das bisschen Geld lustig zu machen, denn immerhin ist sie eine echte arabische Scheichin, und die braucht von Geld nichts zu verstehen.

Als Großmutter Scharifa starb, bestand das ganze Erbe, das Saad Pascha übernahm, aus einer großen Holzkiste und einem jungen Fohlen. In der Kiste hatte sein Vater Stoff und Seifenstücke aus Nablus von seinem Karawanenhandel mitgebracht. Das Fohlen bekam die Aubergine geschenkt, es wurde schon bald, genau wie die Aubergine, dem Spott ausgesetzt, nämlich als die Königin dem Vater erzählte, dass das Fohlen ununterbrochen mit dem Kopf gegen den Kampferbaum gestoßen habe. »Offenbar ist es genauso störrisch wie seine Herrin«, sagte sie. Der Junge, den sie später liebt, würde seinen Mund höhnisch verziehen und fragen: »Bist du sicher, dass es ein Fohlen und kein Maultier war? Ein Fohlen mit richtigem Schwanz oder eine Katze?« Sie wird nicht antworten, aber zum ersten Mal wird sie sehen, auch wenn es im Kino dunkel ist, wie er wirklich ist. Sie wird ihn nicht hassen. In diesem Moment wird ihr auffallen, dass er Mausezähne hat.

Saad Pascha wurde nicht ärgerlich, als er die Kiste öffnete. Nachdem die Hinterlassenschaft entsprechend den Anweisungen von Großmutter Scharifa aufgeteilt worden war, lächelte er. Die Königin aber, für die es sich nicht ziemte, laut Ach und Weh zu schreien, schlug die Hände zusammen und murmelte: »Möge Gott ihr kein Erbarmen zeigen, wo immer sie auch weilen mag.«

Großmutter Sitti lachte aus voller Kehle ihr raues, kehliges Lachen. Sie hob und senkte beide Zeigefinger, nickte im gleichen Takt mit dem Kopf und tönte:

»Trägt man die Bahre hinaus,
kann man schließen das Haus.
Wo keine Kinder sind,
kommt's Vergessen geschwind.«

Obwohl Saad Pascha geglaubt hat, dass in der Kiste die Schuhe von Großmutter Agaba, die Rüstung von Hamad dem Tapferen, der Dolch seines Großvaters, des großen Junis, vielleicht sogar der Sack von al-Schafi, dem Wundertäter, sein müssten, fand sich nichts von alledem an.

Für die Königin war das ein regelrechter Schlag ins Gesicht, aber bei Großmutter Sitti löste die nahezu leere Kiste freudige Häme aus. Sie lachte erneut, schlug mit den Fingern den Takt und sang:

»Sollt' ich mein Halsband einst euch geben,
müsst ihr auch meine Tränen nehmen.«

Ihr höhnisches Gelächter schallte über den ganzen Hof, sodass sich sogar die Kaninchen in ihrem Bau versteckten.

Die dritte Großmutter heißt Nina. Sie ist klein, hat weiße Haut und trägt gewöhnlich ein kurzes, schwarzes Kleid. Ihr küsst Saad Pascha nicht die Hand, er verbeugt sich nur und begrüßt sie mit »Meine Dame!«. Zu Großmutter Nina gehört eine schwarze Dienerin, die fast gleich alt ist wie sie. Sie heißt Dahaba. Großmutter Nina besitzt ein mit Perlmutt verziertes Kästchen, sie sagt »Medizinschachtel« dazu. Aber statt Medizin liegen in dem Kästchen Kamm, Spiegel, Parfümfläschchen, Augenbrauenstift und sogar ein Lippenstift. Die Aubergine beobachtet sie gespannt, wenn sie sich, was jede halbe Stunde geschieht, neu anmalt. Sie kämmt sich das kurze Haar, das sie lange Zeit unbedeckt lässt. Erst später setzt sie sich mitten auf den Kopf ein Häubchen auf, noch später trägt sie eine türkische Kappe, schräg aufgesetzt und in die Stirn geschoben, und schließlich, da hat sie die Pilgerfahrt gemacht, verhüllt sie sich mit einem großen, weißen Seidentuch, dessen Ecken mit Spitzen verziert sind.

Großmutter Nina hat kleine, dicke, weiße Füße. Geht sie ins Bett, besprengt die Dienerin das Kopfkissen mit ein bisschen kölnisch Wasser und massiert die Füße mit Rosenwasser. In ihrem rosa Nachthemd sieht sie jünger aus, als sie in Wirklichkeit ist, und überhaupt lächelt sie meistens und bleibt immer ruhig.

Sie versteht sich bestens darauf, aus dem Öl grüner Oliven Seife und flüssiges Kuhl zu machen. Jeder Tochter hat sie eine Dose Kuhl und einen Silberstift zum Auftragen geschenkt, dazu noch ein Holzkästchen mit einem Puder, das aus Alaun, Mastix und Nelken besteht. Nach dem morgendlichen Bad reibt sie sich damit die Achselhöhlen ein. Die Möbel im Schlafzimmer sind aus Eichenholz gemacht, das Zimmer hat zwei Türen. Die kleine Tür führt in ein enges Bad, in dem es ein Duschbecken aus Messing mit einen Schemel gibt. In einem Regal stehen ein Spiegel und Cremedöschen und Puderschachteln, die durchdringend riechen und mit denen die Aubergine oft spielt. In einem Wäschekorb stapeln sich Handtücher; es gibt die unterschiedlichsten Farben und Größen. Ein Handtuch schlingt sich Großmutter Nina um den Hals, mit einem anderen bedeckt sie die Beine, und mit einem dritten Tuch verscheucht sie die Fliegen. Die Aubergine mag diese Handtücher nicht. Wäscht sie sich vor und nach dem Essen die Hände oder will sie Gesicht, Bauch, Rücken, Beine abtrocknen, benutzt sie ein einziges Tuch, nämlich das, auf dem eine Katze zu sehen ist. Sie nennt die Katze Jasmina, und in der Nacht rollt sie das Handtuch zusammen, nimmt es fest in die Arme und flüstert:

»Schlaf, meine Schöne, schlaf ein.« Ihr scheint, als hörte sie ein leises Miauen, und eine kleine, feuchte Zunge leckt ihr die Tränen von den Wangen.

Als Großmutter Nina stirbt, hinterlässt sie mehr als nur eine Holzkiste, nämlich wertvolle antike Gegenstände, die die Königin und ihre Schwestern sich teilen. Da sind mit Blattgold belegte Messingkrüge, die bei Großmutter Nina in der Garderobe standen, es gibt Kupfertöpfe, ein Räuchergefäß, ein Teeöfchen mit Löchern, in das man eine kleine Kerze stellt, und schließlich ein silbernes Teeservice, das die Aubergine mit viel Sorgfalt putzen wird. Wie wunderbar wird es sein, es dem Jungen, den sie liebt, zu zeigen und ihm zu erzählen, dass sie eine Großmutter hatte, die in einer Sänfte mit einer langen Kamelkarawane aus Nablus gekommen war.

»Wem gehört dieses Haus?«

»Uns.«

»Und das da?«

»Uns.«

»Und das mit der Kuppel?«

»Der Sultanstochter.«

»Und was ist drin?«

Zwischen den beiden Kampferbäumen hat er eine Schaukel aufgehängt, und als sie sich draufsetzte, brachte er sie zum Schwingen. In der Nacht sah sie die Venus, den Kleinen und den Großen Bären und die Gefährtinnen des Monds. Am Tag sah sie hinter dem Mäuerchen die Mädchen mit den leuchtenden Tüchern.

Sie hielten die Füße ins Wasser, flochten Palmblätter und sangen.

Er lässt die Schaukel hoch in die Luft fliegen, und dann geht er fort. Die Schaukel hängt dicht bei der Treppe. Der kleine Junge, ihr Bruder, rutscht das Geländer hinunter, während sie sich die Zeit mit Rätseln vertreiben.

»Und was ist drin?«

»Pfirsiche und Granatäpfel.«

»Und wo sind meine?«

»Unter dem Deckel.«

Sie klettern auf den Fenstersims, schieben die Beine durchs Gitter und klatschen in die Hände.

»Und wo ist der Deckel?«

»Das Kalb hat ihn zerbrochen.«

Sie tauchen ihre Kekse ins Wasser, das sich in der Schale unter dem Krug gesammelt hat, und als er umkippt, rennen sie los und verstecken sich unter dem Bett von Großmutter Sitti.

»Und wo ist das Kalb?«

»Das haben wir geschlachtet.«

Sie schaukelt höher. Auf der Veranda sitzt die Königin mit ihren Freundinnen, sie kauen und lachen. Die Aubergine hat sich beide Beine geschürft und zerkratzt. Zwei genähte Risse sind vom Sturz von der Mauer, die lange Kerbe am Schenkel kommt vom Türriegel am Boden, über den sie gestolpert ist, dann gibt es eine Platzwunde vom Sturz vom Maulbeerbaum und eine, als ihr auf dem Hof der Truthahn hinterherlief, außerdem sind da noch Bissspuren vom Nachbarshund, weil sie mit Steinen nach ihm geworfen hat, und dann gibt es noch eine Menge anderer Flecken, von denen sie nicht mehr weiß, wo sie herrühren. Sie schiebt das Kleid hoch und schaukelt.

Wenn die Freundinnen erst einmal aufhören zu lachen und zu kauen, wird eine von ihnen bestimmt den Mund verziehen und die Königin tröstend über den Rücken streicheln. »Gott sei Dank würde niemand, der dieses Mädchen sieht, vermuten, dass es deine Tochter ist, meine Liebe.«

Wenn die Aubergine voller Hingabe tanzt, verbirgt die Königin entweder ihr Gesicht mit den Händen und lacht, oder sie beobachtet sie mit halb geschlossenen Augen, kneift die Lippen zusammen und zieht mahnend eine Augenbraue hinauf. Das reicht, um auf der Stelle aufzuhören, ansonsten gäbe es wieder Kniffe und damit auch wieder dunkelblaue Flecken. Kaum dass die alten Stellen ihre normale Farbe annehmen, kommen neue Flecken dazu. Auf diese Weise hält sich das Dunkelblau, an das die Aubergine von klein auf als etwas ganz Eigenes gewöhnt ist.

Zweimal hat die Königin die Aubergine an den Bettpfosten gebunden, einmal wegen der »Teckerziege« und das andere Mal, als Saad Pascha die Aubergine dabei erwischte, wie sie Zigarettenkippen aufsammelte, sie zerkrümelte und den Tabak in ein Papier einwickelte, um ihn Großmutter Sitti heimlich zu geben. Zuerst hat die Königin sie geschlagen, dann bestand sie darauf, sie für eine Stunde am Bettpfosten festzubinden. Nachdem die Aubergine wieder freigelassen worden war, beschloss sie zu fliehen. Sie packte ihre Kleidung zusammen, band sie in ein Tischtuch ein, aber plötzlich fand sie, dass das kein so guter Gedanke war. Also begnügte sie sich damit, sich vor die Zimmertür des Vaters zu setzen und zu warten. Da die Fliesen sehr kalt waren, bekam sie einen fürchterlichen Husten, aber störrisch widersetzte sie sich jeglichem Versuch, sich wieder versöhnlich zu zeigen. Sie blieb, wo sie war, bis der Vater erschien. Es verging eine Weile mit Friedenserklärungen, Schluchzen und dem Versprechen, dass, wer auch immer ihr von diesem Abend an ein Leid antue, seinen Ärger zu spüren bekomme, aber dann tuschelte sie ihm so leise, dass es kaum zu verstehen war, ins Ohr: »Ich will Creme, zum Weißmachen«, was heißen sollte, dass sie sich eine Creme wünschte, die ihre Haut heller machen sollte. Es kostete ihn viel Mühe, nicht laut loszulachen, denn schließlich wollte er sie nicht verletzen. Er nahm ihr Gesicht in beide Hände und gab ihr einen Kuss. Nicht lange, und genau dieses Gesicht würde der Lächerlichkeit preisgegeben werden, was wiederum zur Folge haben würde, dass die Königin aufhörte, die Aubergine zu kneifen oder sich deren geschundene Beine anzusehen. Denn dieses Mal wird sie, nachdem sie hoch hinauf, bis in den Himmel, geschaukelt ist, nicht auf den Rücken, sondern aufs Gesicht stürzen und sich den Oberkiefer brechen. Er wird in zwei Hälften auseinander klaffen und mehrfach gesplittert sein, weshalb er mit dünnen Drähten gerichtet werden wird, die in die eine Wange hinein- und aus der anderen Wange wieder hinausgehen, aber auch Wangen und Kinn verbinden, was wiederum für noch mehr Kratzer, Risse, Kerben sorgen wird. Ihr ganzer Kopf wird schwellen, und damit das Haar die Wunden nicht verschmutzt, wird die vordere Schädelhälfte kahl geschoren. Die hintere Hälfte wird man verschonen, weil die Aubergine herzerweichend weint. Sie kann ja nicht ahnen, dass sie mit diesem Schopf, obwohl das Haar schwarz und dicht und schön war, noch hässlicher aussieht. Und schüttelt sie vorsichtig den geschwollenen Kopf, wird sie das Klimpern der langen Ohrringe hören, von denen sie schon immer, genauso wie von Absatzschuhen, einem Rüschenkleid und einer eigenen Dose mit Creme, geträumt hat.

All das bekommt sie plötzlich auf einen Schlag, aber erst nachdem alle Spiegel versteckt worden sind. Sie liegt im Bett, wackelt ein wenig mit dem Kopf und tupft sich die Creme ins Gesicht. Der Vater schiebt die Abaja zusammen, setzt die Aubergine behutsam auf seine Knie und beginnt von Großmutter Agaba zu erzählen, die sein Großvater einst im Dickicht des Walds erbeutet hat. Er schiebt ihr einen Strohhalm zwischen das Drahtgeflecht, durch den sie Saft schlürfen kann. Dann nimmt er den Faden wieder auf und erzählt die Geschichte vom großen Krieger Junis, der in einer Karawanserei ermordet wurde. Da ist die Aubergine aber schon eingeschlafen. Der Vater zieht sie enger an sich heran, und die Königin Nariman bedeckt die Augen mit den Händen und bricht in Tränen aus. Mädchen mit bunten Schleifen und kleinen Füßen werden sie besuchen kommen, aber kaum haben sie ihr Gesicht gesehen, das zu einem Klumpen teigiger Masse mit hineingedrückten Zügen geworden ist, werden sie die mitgebrachten Süßigkeiten fallen lassen und vor Entsetzen laut schreiend wegrennen. Nachdem sich der erste Schreck gelegt hat, werden sie sich im Schulhof im Kreis um sie aufstellen, mit den Füßen stampfen und rufen:

»Wo ist das Blut?«

»Haben die Vögel getrunken.«

»Wo sind die Vögel?«

»Auf die Bäume geflogen.«

Kleine, spitze Zungen werden sich zwischen den Zähnen vor- und zurückschieben:

»Muse-Mase-Mausezahn,
der Tischler nimmt die Säge,
da kriegt man so 'ne Zähne.«

Die Aubergine wird ihnen nicht die Zunge zeigen können, denn die ist noch immer zwischen den Eisendrähten eingesperrt. Sie wird Süßigkeiten und Buntstifte verteilen, aber ansonsten wird sie stumm an ihrem Schulpult sitzen, die Risse im Holz anstarren und die ganze Zeit so tun, als hätte sie etwas ungeheuer Rätselhaftes entdeckt, was die anderen nicht verstehen können. Als man sie schließlich vom Drahtgeflecht befreit, durch das zwar immer Speichel, aber kein einziges Wort gedrungen ist, taugt ihr Mund zu nichts anderem mehr als zu bissigen Bemerkungen und Bosheiten. Trotz allem, was ihr zugestoßen ist, lässt sie von der Schaukel nicht ab; sie schwingt hinauf, sie schwingt hinunter, einmal und immer wieder. Außer den Narben im Gesicht gibt es noch ein anderes Missgeschick. Obwohl sie den Stift nie aus der Hand legt, schafft sie es nicht, an Amal heranzureichen, die von allen das wandelnde Lexikon genannt wird. Amal, die noch nie, auf keine Frage, eine falsche Antwort gegeben hat. Amal, in deren Aufgabenheften sich nur Sterne finden. Aber selbst wenn sie vom Beifall für Amal etwas abbekommt, zum Beispiel in der Geometriestunde, weil sie sich nämlich beim Dreieck bestens auskennt und den Neigungsgrad der Schenkel mit bloßem Auge erkennen kann, oder wenn sie im Französischunterricht, weil sich ihre Zunge an der Oberlippe reibt und sie lispelt, für ihre Aussprache gelobt wird, so wird sie es doch nie schaffen, den Kreuzstich zu lernen. Und sie kann sich bei den Flechtstichen noch so anstrengen, sie lernt es nicht, sodass die Handarbeitslehrerin es allmählich leid ist, ihr überhaupt noch etwas zu erklären. Deshalb hat sie die Tischdecke auch nie fertig bestickt, deshalb ist von ihr im Handarbeitsraum bis auf ein paar Blumen und Schmetterlinge, die sie getrocknet und auf eine Karte geklebt hat, auch nie etwas ausgestellt worden. Auf die Karte hatte sie in Ruka-Schrift »Alles Gute im neuen Jahr« geschrieben, und wenn ihr die Buchstaben nicht gerade schön gelungen waren, sahen sie auch nicht besonders hässlich aus. Die Schrift sei lesbar, sagten die anderen, und dann klatschten sie Zainab Beifall, weil sie eine wirkliche Kalligrafin war. Dabei hatte sie sich solche Mühe gegeben, die Schrift besonders schön zu schreiben, und genauso hatte sie sich angestrengt, als sie zum Muttertag ein Bild malte. Leider fand niemand das Bild genial, obwohl sie Wasserfarben und Filzstifte benutzt hatte. Bevor sie es abgab, hatte sie ganz still dagesessen und sich vorgestellt, wie man sie feiern würde. Aber stattdessen bekam Maisa den Beifall, weil sie eine richtige Künstlerin war. Die Linien, die sie mit dem Bleistift zeichnete – etwas anderes benutzte sie nie –, seien geradezu ein Wunder an Genauigkeit, Gewandtheit und Schwung, so jedenfalls äußerte sich ein Besucher, denn das Bild war eingerahmt und ausgestellt worden. Aber das interessierte die Aubergine nicht mehr. Was immer sie auch malte oder stickte, konnte schon deshalb nicht vollendet sein, weil ihr, bevor etwas fertig war, die Geduld ausging. Im Schachspiel hatte sie gegen Saad Pascha zwar manchmal gewonnen, aber bei Kreuzworträtseln hatte sie kein Glück. Ihrem Bruder Nadir fielen die Begriffe immer viel schneller ein, wie er sich auch an alle Filmtitel, Rätsel und Witze erinnerte. Er konnte auf Anhieb einen Witz erzählen, ohne in der Satirezeitschrift *Bakuka* nachzulesen. Er kam niemals ins Stocken, und ihm gelang jede Pointe, während sie, wenn sie dann wirklich mal an die Reihe kam, nicht mehr genau wusste, wie der Witz ging, sodass am Ende außer ihr niemand lachte. Sie konnte sich auch keine Liedtexte merken, obwohl sie sie mit ihrem Bruder um die Wette auswendig gelernt hatte. Dabei hatte sie sich extra ein Buch mit Texten von Abd al-Halim gekauft, und seine *Micky-*, *Tintin-* und *Samir*-Hefte las sie auch. Aber irgendetwas vergaß sie immer, und nach der Hälfte der Geschichte oder des Lieds brachte sie alles durcheinander. Trotzdem hörte sie erst auf, wenn nicht mehr zu übersehen war, dass sie keiner beachtete. Ihre Mutter war hauptsächlich an der Kerbe auf ihrer Lippe interessiert; sie starrte ununterbrochen auf die schiefe Oberlippe und die lange Narbe, denn trotz aller Bemühungen, nach der Entfernung des Drahtgeflechts die Kinnlade zu richten und hier und dort einen Zahn einzusetzen, damit der Kiefer ein klein wenig gerader wirkte, sah die Aubergine nur dann einigermaßen annehmbar aus, wenn sie den Mund geschlossen hielt. Möglicherweise war das auch einer der Gründe, warum sie kaum Freundinnen besaß. Hinzu kam, dass sie, wenn die anderen Mädchen bei geschlossener Klassenzimmertür anfingen zu tanzen, nicht mithalten konnte. Sie wusste nicht, wie sie sich bewegen sollte. Dann waren da noch ihre Augenbrauen – dicke Linien, und sie lehnte es strikt ab, dass ihr irgendjemand den sprießenden Flaum auszupfte. Und erst der Mund, zum Küssen völlig untauglich. Alles in allem gab es keine Geheimnisse, die sie irgendwelchen Freundinnen hätte erzählen können.

Dafür hielt sie beharrlich am Schaukeln fest, wie sie denn auch versuchte, ihren Körper, indem sie sich an Äste hing, länger zu machen. Ihr Ziel war eine Steigerung von mindestens dreißig Zentimetern, falls sie doch noch Astronautin oder Modell werden wollte. Deshalb legte sie sich auch zwei Ziegelsteine auf den Kopf und lief damit im Garten herum, um Haltung und Gleichgewicht zu trainieren. Außerdem bemühte sie sich, möglichst lange Kopfstand zu machen, weil nämlich dann das Gehirn gut durchblutet und man selbst genial wurde. Auf jeden Fall bekam sie rote Wangen, sodass sie sich wie Shirley Temple vorkam.

Nachdem sie alle Sorten Masken ausprobiert hatte, angefangen bei einem Apfel-Honig-Brei über Jogurt mit Zitrone bis hin zu Kleie mit Molke, und jeden Morgen gleich nach dem Aufstehen ein Glas warmes Wasser getrunken hatte, ganz abgesehen davon, dass sie vor dem Einschlafen, sie ging extra zeitig ins Bett, Teekompressen auf die Lider legte und anschließend die Wimpern mit Rizinusöl bürstete, nachdem sie all das eine Zeit lang getan hatte, stellte sie sich vor den Spiegel und besah sich prüfend, Auge in Auge, das Ergebnis – nein, das Einzige, was ihr blieb, war die Schaukel.

Wenn der Lehrer aus der Klasse geht, stellt sie sich an die Tafel und schreibt, ohne ein Wort zu sagen, die Namen der Mitschülerinnen auf, die schwatzen. Deshalb hat ihr wahrscheinlich ein Mädchen in ihrem Album die Frage gestellt: »Warum willst du immer über andere bestimmen und ziehst es vor, allein zu sein?« Sie birgt den Kopf in den Händen, und nach einer Weile weiß sie, dass sie jetzt, wenn sie die Tür schließt, einen Kaffee trinkt, eine Zigarettenkippe raucht und leise Musik anstellt, ein Gedicht schreiben könnte. Es vergeht geraume Zeit, aber mehr als die erste Zeile bringt sie nicht zu Stande:

»Ich tauge zu gar nichts …«

# Der Französischlehrer

Er ist groß und schlank und nennt sie »die Hübsche«. In den Pausen zeichnet er mit dem Kugelschreiber ihr Gesicht. Die Narben hält er für Kratzspuren von Nunusch, der Katze. Ihr Bruder Nadir hat aus dem Katzennamen ihren Spitznamen gemacht, was Saad Pascha bisweilen auch tut, ansonsten heißt sie bei ihm Lieblingstochter, Papas Liebling oder »meine Hübsche«. Das war vor dem Zwischenfall, als er noch die Schaukel in Schwung brachte. Danach hat er sie nicht mehr angestoßen, und er hat sie auch nicht mehr in seiner Abaja versteckt und in seinem Bett schlafen lassen, auch wenn die Kosenamen geblieben sind.

Der Französischlehrer schreibt etwas an die Tafel und schaut zu ihr hin. Sie scharrt nicht mit den Schuhen auf dem Boden, sie albert nicht herum, sie sieht nach vorn, zu ihm, und fühlt im Bauch einen dumpfen Schmerz. Sie sitzt gern allein, und wenn überhaupt jemand neben ihr sitzen darf, dann Hind, weil sie weder hübscher noch klüger ist und ihr überallhin wie ein Schatten folgt. Der Schmerz macht sie unfähig, sich zu bewegen, und er schaut sie noch immer an.

Sieh mich nicht so an, ich werde weder aufstehen noch sonst was tun, und überhaupt muss mir heute niemand Beifall klatschen. Sag meinem Vater, was du willst, beklag dich über meine Tagträumereien. An der Wand haben abgehängte Bilder Spuren hinterlassen, die werde ich mit dem Blick verfolgen. An der Tafel gibt es Kreidekratzer, sie sehen wie die Schrammen in meinem Gesicht aus. Auf dem Pult liegt der Kugelschreiber, er hat vieles geschrieben und dann wieder ausgestrichen. Der Unterleib schmerzt, ich sitze auf etwas Klebrigem, Rotem. Alle Mädchen warten darauf, dass es kommt, aber nun bin ich tatsächlich dran. Wenn ich auf den Kängurubaum klettere, wird meine Mutter sagen: »Halt die Beine zusammen, du bist jetzt erwachsen«, und wenn mein Vater auf seinem Bett sitzt und sie das sagen hört, wird er nicken und mir erklären, dass ich mich an dem niedrigen Becken waschen soll. Der Schmerz, der mich im Klassenzimmer überrascht hat, wird mich noch oft heimsuchen, und meine Mutter wird mir lauter Vorschriften machen: dass ich meine Stimme dämpfen soll, den Mund halte, vor allem wenn sie Gäste hat, kurz und gepflegt lache, und zwar nur wenn es angebracht ist. Wenn ich mein Haar offen trage, werden ihre Freundinnen lächeln und sagen: »Wie groß Nada geworden ist, eine richtige Braut.« Meine Mutter wird das nicht freuen, ich weiß es, denn ihr Gesicht verzieht sich, sobald das Wort »Braut« fällt. Sie wird sich vor den Spiegel stellen und um ihre Augen plötzlich Falten entdecken. Sie wird zu meinem Vater bedrückt sagen, dass sich bestimmte Dinge in ihrem Alter nicht mehr schicken.

Ich drücke den Kopf ins Kissen, jetzt darf ich weinen, jetzt darf ich laut fragen: »Warum hast du mich verstoßen? Warum hast du deine Meinung geändert?« Ich bin nicht mehr dein Engel, wenn ich die Wörter gebrochen lisple, du klatschst nicht mehr und sagst: »Très bien.« Die Mädchen lachen, wenn ich vortrete und mich an die Wand stelle, um den richtigen Moment zu erwischen und herauszufinden, ob der Ring an deinem Finger aus Gold oder Silber ist. Ich hebe heimlich deine Zigarettenkippen vom Boden auf und stecke sie in meinen Büstenhalter. Ich sammle alles, was ich kriegen kann, um es als Andenken an dich bei mir zu haben. Ich weine, und das Taschentuch, in das ein N gestickt ist, der Anfangsbuchstabe meines Namens, liegt pitschnass auf dem Boden, unter meinen Füßen dicht bei der Wand; es gibt nichts, mit dem ich meine Tränen trocknen könnte. Vor mir steht Hind. Sie spielt mit einer Haarsträhne, vielleicht streichelt sie nach einem Weilchen über meinen Rücken und sagt, dass sie mich gern hat. Ich wage dich nicht zu fragen: »Was habe ich getan? Warum bist du gegen mich?« Wenn ich das versuchte, würdest du mit der Kreide werfen. Du würdest genau auf die zerbrochene Fensterscheibe zielen, und das Stück Kreide fliegt hinaus, und du schaust ihr nach, wie sie hinunterfällt, und sagst: »Ich will nie wieder deine Stimme hören, nie wieder, verstanden?« Auf dem Stuhl im Flur, gleich neben dem Labor, sitzt Hind, und während sie mit dir redet, beobachtet sie mich aus den Augenwinkeln, und obwohl ihre Augen scheinbar lachen, sind sie schmale Schlitze mit stechendem Blick. Stur sein, nur mit Sturheit kann ich alles überstehen. Meine Mutter sitzt meinem Vater gegenüber und nippt an ihrem Tee. Zwischen ihnen liegen die Haarspangen, die ich gestohlen habe, das

Taschentuch mit dem N, auf dem Blutflecken sind, und ein kleines Stück Papier, auf das ich für ihn geschrieben habe: »Warum bist du gegen mich, obwohl ich nichts getan habe? Ich liebe dich.«

Es gab vieles, das ich nicht wahrnahm, aber eine Sache fiel mir dann doch auf: Ich wartete an der Tür auf meinen Vater, um ihm meinen morgendlichen Kuss zu geben, während meine Mutter damit beschäftigt war, mit einem letzten Blick zu prüfen, ob ich anständig aussehe. Plötzlich bemerkte ich, dass sich die beiden seltsam ansahen. Ich blickte schnell zu Boden, nicht aus Angst, sondern einfach weil ich verlegen war. Ich wusste nicht, wie ich ihm in die Augen schauen und sagen sollte: »Ich bin ein Mädchen wie alle anderen.« Ich stand unschlüssig herum, aber weder sagte er »Komm mal her«, noch sah er mich an. Er drückte nervös die Zigarette aus, warf die Kippe weg, aber er bedachte mich mit keinem einzigen Blick.

Ich hatte nichts getan. Ich hatte im Handarbeitsunterricht nur den Zopf aufgeflochten, die vergoldeten Spangen meiner Mutter ins Haar gesteckt, und die Mädchen rangelten darum, mich zu kämmen. Heute bin ich die Braut. Hind steht neben mir, sie sticht mit der Nadel in ihren Finger, es tropft Blut, sie wischt es an meinem Taschentuch ab. Ich küsse sie zwischen die Augen und sage: »Hind, jetzt sind wir Schwestern im Blut.« Sie holt trockenes Brot aus der Tasche, wir sprechen, das Brot in den Händen haltend, gemeinsam die Fatiha, aber dann sehe ich, wie sie im Flur mit ihm spricht und zu mir hinschaut. Jetzt, da meine Mutter zwischen mir und meinem

Vater steht und ihre Spangen auf dem Tisch liegen, sieht sie mich genauso an wie Hind. Dabei hätte ich sie ja zurückgegeben, ich wollte doch nur einmal mein Haar auflösen, als Zeichen, dass ich ihm treu bin und ihn nicht betrogen habe, wie Hind behauptet. Danach würde er wieder gut mit mir sein, mich wieder seine Hübsche nennen und in mein Album schreiben: »Ein Engel bist du.«

Ich bleibe stur, schlucke meine Tränen hinunter und sage kein einziges Wort. Meine Mutter nippt noch immer an ihrem Tee. Ihren Augen ist anzusehen, wie sie sich an meiner Niederlage berauscht und sich hämisch freut, dass ich ein Mädchen wie alle anderen bin, eins, das aus dem Schränkchen seiner Mutter güldene Dinge stiehlt, weil es selbst weder ein eigenes Schränkchen noch solch hübsche Sachen besitzt, eins, das manchmal lügt, weil ihm niemand Briefe schreibt, eins, das nicht mehr Weltraumforscherin werden will und auch nicht Ärztin, eins, das nur noch darauf aus ist, dass der Französischlehrer wieder mit ihm spricht, nachdem er als Letztes gesagt hat: »Ich will nie wieder deine Stimme hören, nie wieder!«

## Schlafträume

Mit Würde
trat er mir
im Traum entgegen.
Wie es Toten geziemt,
sich lächelnd zu zeigen.
Bedächtig legen sie uns
Zucker in den Mund,
winken im Weiß der Engel
und ziehen aus den Taschen
unsere unmöglichen Wünsche.

Wie oft habe ich sie gesehen, wie sie kommen, dahinschwinden, an den Strähnen meines Haars ziehen. Mein Kopf schwillt, mein Körper stößt überall an und löst sich über den Weiten auf. Schwarze blutige Flecken, ich sehe im Spiegel, wie sie größer und größer werden und schließlich platzen. Er kommt, wischt es weg, nimmt mich auf den Arm, öffnet die Abaja und hüllt mich darin ein.

Als ich eines Tages sagte: »Ich will Weltraumforscherin werden«, lachte er. Aber meine Mutter erklärte: »Du hast sie verdorben mit deinem Verzärteln.« Du hast dich nicht darum geschert, hast mich umarmt, an dich gezogen und mit der Hand auf die schweigsame Venus am stillen Himmelszelt gewiesen. »Dein Bart tut mir weh«, sagte ich. Noch immer spüre ich, wie die Stacheln auf deinen Wangen meine zarte Haut zerkratzen.

Das Klassenzimmer hat hellgrüne, hohe Wände, eine Holzdecke und große Fenster, die sich dem Himmel öffnen. Er greift nach meinem Handgelenk und sagt: »Schau!« Er ist freundlich, und weil er so groß ist, muss er sich vor mich hinknien, damit wir uns beide auf gleicher Höhe befinden. Zum ersten Mal sehe ich ganz aus der Nähe seine Augen, sie sind klar, und die Stoppeln seines Barts lächeln mich an. Der Puls schlägt in meinem Gelenk, er legt einen Finger darauf, fühlt die Schläge, und ich lache. Ich krieche ins Universum, von dem ich träume, es zu erobern. Mein Puls schlägt heftiger, und wenn er die Tür schließt und die Räucherstäbchen anzündet und dunkler Rauch aufsteigt, rast mein Herz. Das Klopfen des Pulses kommt von weit her. Er sei hoch hinaufgestiegen, sagt er, der Himmel habe offen gestanden. Im ersten Himmel habe er die Engel gesehen, im zweiten die Gottgesandten, im dritten habe sich die Hölle befunden, im vierten sei der Tod gewesen, im fünften der Lotusbaum, im sechsten die Frömmsten der Frommen, und im siebenten Himmel habe der Thron gestanden. Ich fühlte meinen Puls. Gott der Herr habe dem Puls geheißen, in den Adern zu schlagen.

Ich weinte und weinte. Die Fenster wurden geöffnet, aber das Schluchzen hielt an. Der Unterricht ist beendet, der Rauch hat eine dunkelblaue Farbe angenommen. Hind, die Hübsche mit den zwei Zöpfen, sagt: »Er macht mir Angst. Ich werde ihm einen Brief schreiben, damit er die Fenster nicht mehr schließt, denn der Rauch tut mir in der Brust weh.« Als er den Brief in unserem Beisein gelesen hat, sagt er zu ihr: »Schlag dir gleich morgens auf nüchternen Magen zwei Eier mit einem Löffel Butter in ein Glas Milch. Das wird deiner Brust gut tun.« Da schämt sich Hind und klagt nie wieder über Schmerzen in der Brust.

Als ich ihm erzählte, dass Emile, der Sohn des Direktors, krank sei, lachte er nur. Wir besuchten Emile zu Hause; an der Wand hing ein Bild der Jungfrau. Sie sah so schön aus, dass ich sie sofort liebte. An ihrem Handgelenk, wo sich der Puls versteckt, war ein blaues Kreuz tätowiert. Ich lächelte. Zum ersten Mal aß ich Wurst, Emile hatte uns belegte Brote angeboten. Er sagte zu meinem Vater: »Sie ist sehr klug. Eines Tages wird sie etwas ganz Besonderes sein.« Am nächsten Tag trug ich, als ich zur Schule ging, ein weißes Kopftuch, wie die Jungfrau auf dem Bild. Durch das Fenster sah ich den Himmel, an dem die Wolken Fabelwesen mit weißen Gesichtern malten. Emile hatte mir erzählt, dass die Jungfrau, wenn sie ihm im Traum erscheine, eine ganz zarte, weiße Haut habe. Da betete ich zu Gott, dass er mir auch solch eine weiße Haut schenken möge und dazu zwei solcher Rosenknospen, wie sie auf Hinds Brust sprießen.

Die Kerben in meinem Gesicht werden immer tiefer, es hilft kein Mittel dagegen. Ich weine immer noch, auch als Hind und ich in die marmorne Säulenhalle der Moschee schleichen. Wir beobachten, wie das Wasser aus dem

Hahn in eine abschüssige Rinne tropft und sich in einem Gefäß sammelt. Hind schiebt ihren Rock hoch, dann streuen wir Seifenpulver auf den Boden und fangen an, den Marmorboden zu scheuern. Nach einer Weile geht unser Atem heftiger, wir keuchen. Obendrein müssen wir noch aufpassen, dass der Scheich nicht kommt, denn wenn er uns entdeckt, wird er uns fortjagen. Hinds Brust hebt und senkt sich. Mein Herz verkrampft sich, und ich beginne wieder zu weinen. Weihrauch steigt aus den Ritzen der hohen, dunklen Wand auf. Die Hand des Französischlehrers streichelt genüsslich Hinds Rosenknospen. Die Fenster sind geschlossen, gedämpftes Licht fällt herein, der Himmel verbirgt sich noch immer. Das Wasser fließt unter meinen Füßen, ich rutsche aus und falle hin. Da schreit der Scheich: »Verschwindet! Verflucht sollen die sein, die euch gezeugt haben! Ihr besudelt einen heiligen Ort!« Er wirft unsere Schuhe weg, und Hind läuft auf und davon. Aus meiner Nase tropft Blut, ich habe das Gefühl, dass mein Gesicht immer mehr Kerben bekommt. Mein Vater schlägt die Abaja auf, legt meinen Kopf auf seine Knie und packt Eis auf meine Nase. Da schlafe ich ein. Ich sehe mich an einer Mauer lehnen, sie wird höher und höher und kommt mir vor wie eine kühle, feuchte Sommernacht, und das einzige Fenster, das ich in mir verstecke, steht offen und lässt mich den Himmel sehen. Ich wälze mich unruhig im Bett und beobachte den Mond. Die zarten Strahlen werden immer stärker, sie fallen in mein Zimmer ein, und plötzlich steht der Mond genau vor meinem Bett. Ich schiebe das Kopfkissen weg, öffne mein

Nachthemd und umarme ihn. Ich sehe ihn immer lächeln. Manchmal redet er mit mir, manchmal sieht sein Gesicht wie das meines Vaters aus, mit Stoppeln, die meine Schlaflosigkeit piken. Er schwebt von einer dicken Wolke zur anderen, umarmt sie. Er huscht fort von meiner Brust, und dann höre ich ein Heulen, von dort, wo der Hund zusammengerollt auf dem feuchten Stroh liegt. Ich weiß, dass er immer dort liegt, schwach und matt und mit einer langen Narbe unter dem Auge, die er sich beim Kampf mit einem Rivalen geholt hat. Er ist alt geworden, ich sehe es seinen Augen an. Sie glänzen nicht mehr, und seine Ohren sind zerfranst. Er heult drei Nächte lang, und dieses Heulen hört sich heiser an, als habe er Schmerzen. Ich weiß, wie das Heulen der Wölfe im benachbarten Hirsefeld klingt – hungrig und angriffslustig. In dieser Nacht heult er oft. Die Dienerin springt mit einem Satz aus dem Bett, das tut sie immer so, und murmelt: »O Gott, verschone uns vor Unheil.« Ich sage zu ihr: »Er heult schon seit drei Tagen, und nichts ist passiert.« Sie tut, als hätte sie mich nicht gehört, und läuft zum Fenster, wo der Wasserkrug steht, und schaut zum Mond hinauf. Dann trinkt sie etwas Wasser, kommt zurück und legt sich auf ihre Matte, die auf dem Boden ausgebreitet ist. Ich sage: »Wir werden ihn töten müssen.« Sie antwortet nicht. »Er ist verrückt geworden. Soll das immer so weitergehen?« Die Dienerin schläft, ich höre sie einatmen, ausatmen, und nach einer Weile redet sie wirres Zeug: »Der große Sirupkrug ist zerbrochen.« Ich versuche einzuschlafen, aber mein Leib ist noch immer die Beute des Monds. Irgendwann schlafe ich ein und sehe, dass die Gläser beim Krug zerbrochen sind. Ich träume weiter. Da ist die hohe, dunkle Mauer, ich lehne mich an sie, meine Nase blutet. Wie ein einziger großer Tropfen Blut sinke ich nieder, und ein Schluchzen steigt in meiner Kehle auf. Leute kommen und zerren meinen zusammengesunkenen Körper hervor, und da verwandelt er sich in einen gekreuzigten Leichnam. Mein Herz ist ein Grab, auf dem mein Körper, der sich auflöst, Gras wachsen lässt. Trotzdem geben sie keine Ruhe, sie kommen wieder näher, und dieses Mal schauen sie aus den Pupillen einer Frau auf mich herab, deren Augen hervorquellen und schrecklich glotzen. Sie schlägt mich ins Gesicht. Ich sage: »Ich kann mir Jungen ansehen, so viel ich will, die Straße ist voll davon.« Das Fenster ist zerbrochen, und im zersplitterten Glas spiegelt sich der gegenüberliegende Hof. Die Jungen rennen, bis sie schließlich den durch die Luft irrenden Ball in den Korb werfen. Die dicke, bleiche Frau schlägt mich ins Gesicht, ihre Augen glotzen mich kugelrund aus dem Brillengestell an. Salzige Tränen tropfen aus meinen Zöpfen, machen meine Lippen feucht. Die Frau zerrt mich am Kragen meines weißen Nachthemds, an ihrer groben Hand stecken klumpige Ringe. Sie stößt mich an die Wand. Der winzige Knopf fällt ab, sie sieht meinen Körper. Meine Haut ist weißer als ihre. Ich schmecke das Salz, schlucke schwer an der Demütigung. Ihr Mund geht auf und zu, ihr Blick gleitet von den Schülerinnen an ihren Pulten zum zerbrochenen Fenster und von dort zur Tür, wo mich mein Vater immer erwartet, manchmal voller Ungeduld, manchmal voll zärtlicher Zuneigung. Ich schaue ihn flehentlich an, meine Nase blutet. Ich warte, dass er meinen Kopf auf seine Knie legt und mir übers Haar streicht. Aber das tut er nicht. Je heftiger die Frau den Mund bewegt, desto unruhiger wird er. Hind, die ganz hinten in der Klasse sitzt, lacht, und die Nase blutet immer noch. Die Tropfen fallen auf das weiße Hemd. Ich habe das Gefühl, dass mein Gesicht von immer mehr Kerben zerfurcht wird. Zögerlich sagt mein Vater: »Aber sie ist doch nett und gut erzogen.« Die Frau lacht höhnisch und voller Verachtung. Sie stellt mich vor die Klasse, zieht mir die vergoldeten Spangen aus dem Haar und legt sie auf den Tisch. Sie schaut sich meine Fingernägel an und sagt: »Krallen.« Sie schlägt die Tür des spärlich beleuchteten Raums zu, des Raums mit dem staubigen Tisch, morschen Stuhl und zerbrochenen Fensterglas. Für Stunden kann ich nur die Geräusche vernehmen, die mit dem Licht von draußen hereindringen – eiliges Trappeln, Schreien, Lachen. Der Ball fliegt zwischen den Händen hin und her, bis er im Korb landet. Ich beuge mich über das Stück Papier, male kleine Pfeile und Herzen. »Nett und gut erzogen.« Ich schreibe die Wörter, male die Buchstaben voller Inbrunst aus. Ich lache und fange an, mich im Kreis zu drehen, und die Bilder an der Wand wirbeln herum, Newtons Gesetz, das Periodensystem der Elemente und die gebrochenen, von tausenden Pfeilen durchbohrten Herzen. »Warum siehst du mich so an? Warum fragst du immer nur mich und nicht jemand anders? Liebst du mich?« Ich lasse die Schuhe auf den Boden knallen, als ich aus deinem Unterricht weggehen muss. Ich stelle mich an die Wand gegenüber, sie kommt mir furchtbar hoch und tiefschwarz vor. Ich lehne mich an, verfolgt von deinem Geschrei. »Frech und unverschämt.« Oder »nett und gut erzogen«? Ich lache höhnisch, als mich die dicke, hässliche Frau beschuldigt, auf den Hof der Jungen gespäht zu haben, als sie abwechselnd den Ball in den Korb warfen. Mein Kopf ist geschwollen, und ich merke, dass Blut auf den Tisch tropft. Ich sehe sie kommen, sie schieben sich mit ihren Glotzaugen zwischen mein Wachsein und meinen Tod, zerren gierig an meinen Gliedern.

# Eine Geschichte

Mit dreiundvierzig Jahren war er ein stattlicher, gut aussehender Mann und Vater zahlreicher Kinder. Er zog sie auf, wie es ihm beliebte, und wenn sie sich wie Karnickel um ihn scharten, erzählte er ihnen von seinen Abenteuern, und sie glaubten ihm jedes Wort. Sie hockten zu seinen Füßen, wenn er ihnen Comics vorlas. Sie scherzten und lachten, und wie Spatzen ließ er sie in seinen Träumen herumfliegen. Er hatte eine Frau, die noch schöner war als er. Sagten die Leute, sie sähe besser als Laila Murad aus, freute er sich, und sagten sie: »Er liebt sie, schon bei ihrer Geburt war sie für ihn bestimmt«, dann wies er auf die Narbe auf dem Scheitel ihres Haars und lächelte. Er hatte sie gutes Benehmen auf seine Weise gelehrt. Schlief er in ihrem Schoß, sang sie ihm etwas vor. Er besaß einen großen Garten, an dessen Rändern er Mastixsträucher gepflanzt hatte. Auch die Rosen wuchsen genau dort, wo er sie haben wollte, und auf die Veranda hatte er Töpfe mit Jasmin gehängt. Er war der Besitzer von viel Grund und Boden, die Bauern küssten ihm die Hand, und manchmal verfolgten sie ihn auch mit ihren Bittgesuchen. Ich vergaß zu erwähnen, dass er einmal Arzt gewesen war. Er führte das Skalpell, und sein Kittel war mit Blut bespritzt. Er muss ein unglaublicher Dummkopf gewesen sein, denn wie anders soll man sich erklären, dass er seine Arbeit aufgab und stattdessen Zeitungen durchstöberte, nur um Dinge zu lesen, die ihn schmerzten? Wie konnte er es zulassen, dass ihm unversehens, gerade hatte er noch über Korruption, Fehlschläge und den Verrat von Freunden gesprochen, ein Gerinnsel die Schlagader verschloss? Und er war auch naiv, denn er glaubte tatsächlich daran, dass es Probleme gäbe, für die man sich mit Leib und Seele einsetzen müsse.

Die Lüge war ihm nicht fremd, wie allen Männern. Abends, wenn ich mit seinem Haar spielte, erzählte er mir über ein fernes Land, wo ich einst herumspazieren würde, über Haare ohne Zöpfe und Spangen, über regelmäßige Zähne, über eine etwas kleinere Nase. Er schwärmte mir von einem Haus vor, in dem ich mit einem anderen Mann leben würde. Am Morgen winkten wir ihm zum Abschied nach, und er warf uns Rosen zu. Am Abend schwatzten und plauderten wir mit ihm, bis er sich in ihren Schoß legte, um zu schlafen. Er wäre froh gewesen, wenn ich ihm bei einem Anfall von Husten eine Stütze gewesen wäre, er hätte sich gefreut, mit den kleinen Kindern zu spielen, von denen er gesagt hätte, dass er sie noch lieber hätte als mich. Aber nein, er hat gelogen. Er hat einfach die Augen geschlossen und sich dem Werben eines viel zu traurigen Tods ergeben. Es passte zu ihm.

## Ein kleiner Junge schlägt die Trommel

Ein kleiner Junge sitzt neben mir auf dem Fenstersims. Wir strecken unsere Beine durchs Gitter, lassen sie baumeln und singen:

»Unter unserm Fenster
kam der Hübsche vorbei ...«

Der Junge schlägt die Trommel, ich tanze dazu. Ich nehme ihn bei der Hand und bringe ihn zur Schule. Er fragt ein Mädchen, das Abir heißt: »Hast du schon mal Pistazien gegessen? Oder Haselnüsse?« Das Mädchen gibt ihm eine Ohrfeige, stemmt seine Hände in die Hüften, wiegt und dreht sich und beschimpft ihn: »Dein Vater trinkt Alkohol, und du bist ein kleiner, mickriger Wicht.« Sie hebt eine Augenbraue, zieht die andere hinunter, und ich stürze mich auf ihren Arm und beiße hinein. Danach beschließt unsere Mutter, dass du diese Schule nie wieder betrittst. Sie bringt dich woandershin, damit du ein Junge wirst, der ihrer würdig ist, »nett und gut erzogen«, immer lächelnd und freundlich. Sie küsst dein Foto und zeigt ihren Freundinnen dein Zeugnis von der »Herz-Jesu-Schule«. Als die Mutter die Koffer packte, stand fest, dass ich mit dir gehe. Laut und bestimmt hatte sie gesagt: »Wir sind alle in eine

Internatsschule gegangen.« Unser Vater biss die Lippen zusammen, als er hinter uns herging. »Bonjour, comment ça va«, Mädchen mit Zöpfen und weißen Kittelchen, die eine Verbeugung andeuten, Eisengitter vor den Fenstern, harte Befehle, weil ich den Rücken nicht gerade halte und zu laut spreche und dass ich noch lernen müsse, wie ich meine Kleidung zusammenzulegen und wann ich sie zu wechseln habe. Da ist niemand, der lächelt und mir meine Unarten nachsieht. Mutter Theresa sitzt im Garten, wir küssen ihr die Hand und sprechen ihr nach: »Der tote Samen durchbricht den Boden mit der Sichel des Lebens, Preis sei dem Herrn, der ihm die Kraft dazu gab, Preis sei dem Herrn, der ihm Leben schenkte. Er verlieh ihm Kraft und Leben, damit er anderen nützlich ist.« Aber die Gespenster hören nicht auf, mich mit ihren frommen Gesängen und geheimnisvollen Hymnen in den dunklen Gängen zu verfolgen, ihr Echo bedrängt mich noch im Traum. Mein Husten macht den anderen Mädchen im Zimmer Angst. Ich werde dir schreiben, denn man hat uns getrennt. Du bleibst für mich der Junge mit den Koffern, und ich bin die, die ihren Koffer früh losgeworden ist und nun neben den beiden auf der Veranda sitzt und auf dich wartet.

Streite nicht mit mir, Nadir. Ich will mich mit dir versöhnen, werde deinen Kopf in meinen Schoß legen und singen: »Unter unserm Fenster kam der Hübsche vorbei ...« Es wird dich beruhigen. Zieh mich nicht an den Haaren, weil ich am Strand neben dir in Shorts laufe. Warum hast du begonnen, mich so zu hassen? Weil ich größer als du geworden bin und weil meine Lippen trotz aller Narben jetzt voll aussehen und auf meiner Brust wie bei Hind zwei Knospen sprießen?

Der Junge, der für mich die Trommel schlug, ist groß geworden. Großmutter Sitti verstreut Salz, hält eine Puppe aus Papier in der Hand und murmelt Beschwörungsformeln. »Geh deinem Vater aus den Augen und allen, die dich hassen.« Meine Mutter will ihn fern halten von Großmutter, ihren groben Händen und dem verstreuten Salz. Aber sie wird nicht sagen: »Sie ist alt und abergläubisch. Es wird Zeit, dass sie sich und uns endlich Ruhe schenkt.« Sie wird Gott nicht bitten, sie zu sich zu nehmen, bevor sie uns zur Last fällt. Weil mein Bruder dann wütend werden würde, denn er liebt sie, und bisher ist sie noch keine sonderlich schwere Last geworden. Sie kann immer noch gut sehen. In aller Frühe badet sie, flicht ihr Haar, wäscht ihre Kleidung, und dann spricht sie das Morgengebet und spielt mit ihren Gebetsketten. Unter ihrem Kopfkissen liegen Hennablätter, und auf ihrer Veranda duften die Wasserkrüge nach Harz und manchmal auch nach Zitronenblüten, sobald sie im Garten blühen. Sie kocht Kuskus für ihn, und wenn sie Teig knetet, singt sie: »Unter unserm Fenster kam der Hübsche vorbei, und sein Mund war süß wie Honig.« Da klatscht er dann Beifall, auch wenn er schon ein stattlicher junger Mann ist. Er weiß, dass sie sich über die kleinsten Dinge freuen kann, Augentropfen zum Beispiel oder ein billiges Fläschchen Parfüm, und er hört ihr geduldig zu, wenn sie über Schmerzen klagt.

Der Junge, der für mich die Trommel schlug, hat mich eine Ungläubige genannt. Er holte die Bierflaschen aus dem Kühlschrank und warf sie auf den Boden. Saad Pascha sah es, doch er schaute ihn nicht an. Er ging in sein Zimmer, machte die Tür fest hinter sich zu und stellte das Radio an. Khomeinis Stimme war zu hören: »Unser Blut ist nicht kostbarer als das Blut des Imam al-Hussain, das er um des Islam willen vergossen hat.« Und Omar al-Tilmisani warnte Sadat: »Ich werde bei Gott Klage gegen dich führen.« Rauchschwaden schweben durchs Zimmer, und niemand wagt, die Tür zu öffnen.

Der junge, stattliche Mann läuft jetzt durch lange, düstere Flure. Er trägt einen weißen Kittel, und seine schlanken Finger riechen nach Desinfektionsmitteln. Die Krankenschwestern rennen hinter ihm her; vielleicht flüstern und kichern sie, sobald er außer Reichweite ist, denn seine Scham verbietet es ihm, ihnen ins Gesicht zu sehen. Er gibt sich betont streng, erteilt strikte Befehle, versucht möglichst hart zu wirken. Er war noch sehr viel jünger, als er mit Großmutter Sitti herkam. Sie trug das schwarze Kleid, über das sie einen Seidenschal geschlungen hatte, ihre halbmondförmigen Ohrringe, und das Tuch, mit dem sie sich die Tränen abwischte, roch nach einem schweren Parfüm. Sie lief in den Schuhen aus echtem Leder durch die keimfreien Korridore. Er stützte sie bei jeder Stufe, stieg langsam mit ihr hinauf. Meine Mutter öffnete die Tür, und als sie den Vater unter dem weißen Linnen liegen sahen, glaubten sie, er mache ein kleines Schläfchen. »Er will sie nicht sehen«, erklärte meine Mutter traurig. So kehrte er mit Großmutter Sitti wieder zurück, und ihr Tuch wurde nass von den vielen Tränen. Der Saum ihres Kleids schleifte über den Boden, und dann saß sie im Flur, weinte und schluchzte und tröstete sich selbst: »Hauptsache, es geht ihm gut.« Meine Mutter kam und setzte sich neben sie. Sie weinte nicht. Ihr Haar war straff nach hinten gekämmt, Spangen hielten es zurück. Vor ihr stand ein Glas Wasser, sie trank einen winzigen Schluck, dann legte sie die Hände auf die Brust und starrte an die Decke. Keine von beiden glaubte, dass der Mann, der dort friedlich schlummerte, so früh sterben sollte. Sicherlich würde er in ein paar Tagen heimkehren, und dann wäre er bestimmt auch bereit, Großmutter Sitti zu sehen. Meine Mutter wird ihm zureden und sagen, dass sie trotz allem seine Mutter sei. Und Großmutter Sitti wird mit schleifendem Saum in das Zimmer treten, sich ans Ende vom Bett setzen, ihm die Füße küssen und weinen. Und ist sie hinausgegangen, wird er zur Königin sagen, dass er noch sehr klein gewesen war, als der Vater ihn an die Hand nahm, zu Sitti ging und erklärte. »Dein einziger Sohn braucht seine Mutter.« Der Junge schlang seine Arme um ihren Hals, der voller Ketten hing, aber sie schob ihn weg und sagte: »Ich habe keine Lust, altes Pack und kleine Bälger zu bedienen. Nimm deinen Sohn, und geh zu dem Knochengestell, das du deine erste Frau nennst.« Er nahm seinen Sohn, legte ihn Großmutter Scharifa in den Schoß und wollte Großmutter Sitti nie mehr sehen. Von den anderen Kindern hörte mein Vater, dass ein gewisser Soundso sie geheiratet und wieder verstoßen habe und dass es ihr bei einem anderen gewissen Soundso genauso ergangen sei. Er ging erst wieder zu ihr hin, als die anderen Kinder und er selbst groß waren. Die Leute hatten ihm erzählt, dass sie weder einen Mann noch Kinder besäße, und die Männer trotz ihrer Schönheit Widerwillen gegen sie empfänden, weil sie jedem, der mit ihr zu tun hatte, Unglück gebracht hätte. Wie auch immer, sie ist und bleibt seine Mutter, und als er nun aus dem Haus und ins Grab getragen wird, weint sie bitterlich um ihn.

»Sein Tor, gebaut aus sieben Planken,
o grünes Tunis, dein Herrscher starb.
Sein Tor, befestigt mit sieben Bolzen,
wer ist der Herrscher, der kommen mag?«

Sie hat schon immer ihre eigene Art gehabt, um einen Toten zu trauern. Sie bewegt die Finger auf und nieder, und noch mehr dunkle Flecken erscheinen in ihrem Gesicht. Sie entblößt das hennagefärbte, rote Haar und setzt sich auf die alten, weißlichen Stufen, die zur Veranda hinaufführen. Das kleine Gesicht ist sorgfältig angemalt, und trotz aller Trauer glänzen die Augen. Obwohl sie schon über siebzig ist, kann man sie mit Wohlgefallen betrachten. Sie holt ihre Matte und lässt sich nieder, um für den Toten zu beten. Ihre Brust ist noch immer mit Ketten geschmückt, die Hände sind mit Henna bemalt, das Haar zu langen Zöpfen geflochten. »Eine wie sie wird nie erwachsen«, wird meine Mutter sagen. »Lässt alles stehen und liegen und kümmert sich um nichts mehr.« Meiner

Mutter hingegen, die sehnsüchtig auf den kleinen Jungen wartet, der neben mir auf dem Fenstersims saß, bringt der Kummer kleine Fältchen unter den Augen ein.

Zwei Frauen, jede für sich auf ihrer Veranda. Die eine Frau hat in ihrem Schrank nicht nur das Tuch aufbewahrt, das nun seinen Leib bedeckte, sondern auch die Flasche Parfüm, die sie sich mit ihm teilen will: Die eine Hälfte hat die letzte Waschung seines Körpers verschönt, die andere Hälfte hebt sie für ihre Waschung auf. Weiße Tücher und besondere Kleidung liegen in den Schubladen gestapelt. Die andere Frau hat für ihren Tod Fläschchen mit Moschus aus Mekka aufbewahrt, dazu Duftessenzen und Weihrauch, von denen ich nicht genau weiß, woher sie sie hat. Viele Meter weißer Stoff liegen sorgsam zusammengefaltet. Die eine Frau erzählt mir von Schadija, Laila Murads Stimme, ihrem Hochzeitskleid aus reiner Seide und der Krone von Königin Farida. Die andere erzählt von ihrem Brokatkleid mit Spitzen und dass sie meinen Vater nach der Entbindung unter einem großen Sieb versteckte und ihn für ein Mädchen ausgab, weil sie Angst vor neidischen Blicken hatte. Die eine Frau klagt über Migräne und lässt ihre Tränen auf der Veranda trocknen, die andere Frau fuchtelt mit der Hand und spricht:

»Brächten Tränen die Lieben zurück,
würd' ich Rotz und Wasser weinen,
brächten die Tränen mir dieses Glück,
würd' ich noch unter Schmerzen greinen.«

Die Zeit der Trauer geht vorbei, es folgt die Zeit des Wartens. Drei Frauen sitzen nun auf der Veranda unter dem Jasmin – die erste heißt Sitti, die zweite wurde einst Königin Nariman genannt, und die dritte rufen sie Nada. Aus dem Jungen ist ein Mann geworden, der ans Auswandern denkt. Er schließt die Tür seines Zimmers, hebt den Hörer ab und redet mit irgendeiner Frau. Vielleicht erzählt er ihr, dass er mich liebt, vielleicht sagt er aber auch, dass er sich nicht mehr an mich erinnern kann. Von Zeit zu Zeit ballt er die Hand zur Faust und fragt: »Ja und? Was erwartest du denn von mir?« Wir grüßen uns zum Abschied genau wie immer, mit einem einfachen Handschlag, und dann verlässt er mich. Ich hole meine und seine Briefe hervor und lese sie noch einmal:

»Mein lieber Nadir, ich habe die Prüfungen bestanden. Tante Faukija hat zu Mama gesagt, dass du jetzt allein zurechtkommen musst. Komm doch bitte bald heim.«

»Mein liebes Brüderchen, Papa hat zwei Vögel für mich gekauft. Mama geht es gut. Sie lässt dir sagen, dass du den Winterpullover noch anlassen sollst.«

»Lieber Bruder, Mama hat mich geschlagen, und Papa ist wieder zur Arbeit gefahren. Ich will hier nicht allein mit Mama herumsitzen, sie liebt mich nicht. Bring doch in den Ferien unseren Onkel mit.«

»Papa hat gesagt, dass er dir, wenn du in der Grundschule ein gutes Zeugnis bekommst, eine Schrotflinte kauft. Wenn du in den Halbjahresferien kommst, wünsche ich mir einen Kasten Wasserfarben. Du sollst dich immer warm anziehen, lässt Mama dir ausrichten.«

»Mein geliebter Bruder Nadir, Mama lässt dich grüßen, und Papa und Hanem und Onkel Mohammed, der Wachmann, auch. Mama beglückwünscht dich zu deinem tollen Halbjahreszeugnis. Sie betet für dich, damit du weiter so gut lernst. Sie gibt dir den Rat, dich nicht gleich auszuziehen, wenn du geschwitzt hast, denn sonst erkältest du dich und wirst krank. Hier noch ein Rätsel. Ein Mann verdient im Monat fünf Pfund und gibt jeden Tag zwei Pfund aus. Wie viel hat der Mann noch übrig? Ich grüße dich herzlich.«

»Nadir, du mein geliebter Bruder, es geht mir gut. In diesem Jahr habe ich angefangen, Englisch zu lernen. Mama hat Herrn Sajid beauftragt, mir Privatunterricht zu geben. Ich freue mich sehr darüber und lerne ununterbrochen. Mama ist sehr traurig, weil Raschid Pascha, ihr Onkel, gestorben ist. Großmutter Sitti lässt dich herzlich grüßen. Wir hoffen, dass du weiter fleißig lernst. Ich schicke dir ein Gedicht mit, das ich geschrieben habe, als Großvater gestorben ist, Gott hab ihn selig.

> Ich öffnete das Fenster – Millionen Menschen
> in Trauer.
> Was ist geschehen?, fragte ich.
> Ist die Sonne gestorben, will das Mondlicht
> erlöschen?
> Nein, eine Saite der verzaubernden Laute ist
> gerissen.«

»Geliebter Nadir, wie geht es dir? So Gott will, gehörst du dieses Jahr wieder zu den Besten. Mir geht es gut und Mama und Sitti auch. Hanem hat ein Mädchen bekommen, und jetzt haben wir anstelle von Hanem eine neue Haushaltshilfe, sie heißt Samiha. Es geht mir gut, und so Gott will, werde ich Erfolg haben und zu den ausgezeichneten Schülern gehören.«

»Ich habe beschlossen, Weltraumforscherin zu werden. Papa meint, dass ich das schaffen könnte, allerdings nur wenn ich in Mathematik, Englisch und den naturwissenschaftlichen Fächern sehr gut bin. Papa lässt dir ausrichten, dass er dich, so Gott will, bald aus dem Internat rausnimmt und in eine externe Schule schickt. Mama und ich kommen dich besuchen, ich freue mich schon riesig. Hoffentlich geht bei Papa in der Arbeit alles gut, er will die Praxis nicht schließen. Er würde Donnerstag und Freitag hier sein. Wir lassen ihn nicht gern allein, aber er sagt, dass er einverstanden ist, wenn dir unser Besuch hilft. Hier noch ein paar interessante Informationen: Die Pumark-Rakete gehört zu den Raketen, die Flugzeuge abschießen können. Ihr Sprengkopf ist eine Atombombe, die auch interkontinentale Raketen zerstören kann. Es gibt auch Raketen, die unter Wasser abgefeuert werden können und ein Ziel auf dem Land ansteuern. Die Polaris-Rakete ist am 20. Juli 1960 von einem Atom-U-Boot in einer Wassertiefe von 20 Metern abgeschossen worden. Das war die erste Rakete, die von einem U-Boot abgefeuert wurde. Sie ist mit Atomsprengköpfen ausgestattet, die auf einer Reichweite von 2400 km jedes Ziel erreichen können. Herzlichst, deine Nada.«

»Mein lieber Nadir, sei nicht traurig, dass du auf keine externe Oberschule kommst. Papa ist leider sehr krank. Du hast wahrscheinlich nichts bemerkt, aber ich habe öfters beobachtet, dass er die Hand aufs Herz legt, weil es ihm wehtut. Er hat zu Mama gesagt, dass er zu Hause, bei uns, sterben will. Ich weine unaufhörlich, Nadir, ich kann mir überhaupt nicht vorstellen, dass Papa jemals stirbt. Physik ist leider fürchterlich schwer, deshalb habe ich beschlossen, die Sache mit dem Weltraum zu vergessen, und ich will auch keine Kinderärztin werden, was Papa gern hätte. Ich denke, ich werde Dichterin. Der Arabischlehrer hat gesagt, dass ich sehr schöne Gedichte schreibe. Papa meint, dass ich das in der Freizeit ja ruhig machen könne. Aber ich will nicht Ärztin werden. Ich schicke dir mein letztes Gedicht mit.

> Ich scheide aus der Welt des Glücks,
> tauche ein in Elend und Leid,
> lass die Qual meiner Liebe hinter mir
> und des Herzens Pein.
> Überlass euch zum Träumen den Tag,
> vielleicht ändert sich, was einmal war.«

»Geliebter Bruder, ich möchte, dass du fleißig lernst, denn du bist Mamas und Papas große Hoffnung. Du musst zu den Besten gehören, weil Papa dann etwas hat, über das er sich freuen kann. Er ist nämlich sehr traurig, weil er Ärger mit der Partei hat. Er lehnt es strikt ab, dass die Partei mit der religiösen Richtung paktiert. Er sagt, dass die Öffnung zum Kapitalismus und ein altertümlicher Islam das liberale Denken verderben. Unser Onkel hat ihm geraten, sich aus der Politik zurückzuziehen, weil er ein erfolgreicher Arzt ist und die Parteien, wenn es ihnen nützt, Bündnisse schließen, die ihren eigenen Prinzipien widersprechen. Aber Papa hat ihm erklärt, dass Erfolg nichts bedeutet, wenn die Gesellschaft undemokratisch ist. Er ist jetzt der Direktor vom Krankenhaus, aber das macht ihn nicht glücklich. Er liest viel und raucht andauernd, Mama meint, er soll damit aufhören, weil seine Gesundheit darunter leidet.«

»Hallo, Nadir, wie geht es dir? Was gibt es für Neuigkeiten? Mir geht es gut, auch wenn dauernd jemand über mich meckert. Ich schreibe immer noch Gedichte, meinem Französischlehrer gefallen sie auch. Hier hast du meine neusten Verse, ich habe sie dir gewidmet.

Wie kannst du schweigen, Horus?
Steh auf, sprich, schrei!
Bist du's zufrieden,
dass meine Erde entwürdigt,
der Boden der Väter und Ahnen verkauft,
meine Ehre von einer Bande Mörder
besudelt wird?«

»Lieber Nadir, leider hat sich Papas Zustand verschlechtert. Deshalb kann er die Verabredung mit dir am kommenden Donnerstag nicht einhalten. Mama macht sich große Sorgen, vor allem seit die Partei ihm seinen Ausschluss geschickt hat. Und das, obwohl er am Telefon dem Pascha gesagt hat, dass »in seinem und seiner Väter Haus Saad Zaghlul und an-Nahhas verkehrten und diesem Haus immer Ehre und Respekt gezollt wurde, weil es der wahrende Hort der edlen Prinzipien der Partei gewesen ist.« Das Argument des Paschas, dass der Zweck die Mittel heilige und das Bündnis mit den Religiösen zeitlich begrenzt sei, hat ihn nicht überzeugt. Er hat darauf bestanden, bei den Wahlen als unabhängiger Wafdist und Gegner dieses Bündnisses zu kandidieren. Zu unserem Onkel hat er gesagt, dass um irgendwelcher Zwecke willen Prinzipien nicht aufgegeben werden dürfen. Ich versteh nicht viel davon, das Einzige, was ich begriffen habe, ist, dass Papa eine Menge Sachen ganz allein durchstehen muss. Er sieht verstört aus und schläft schlecht. Er schließt sich in sein Zimmer ein, knackt mit den Fingerknöcheln und raucht unaufhörlich. Aber jetzt bist du dran, wie geht es dir? Mir geht es gut, und trotz aller widrigen Umstände lerne ich fleißig. Mein Album wartet auf dich, du sollst mir etwas hineinschreiben. Papa hat mir Folgendes auf die erste Seite geschrieben:

›Such die Nähe bedeutender Menschen,
meide Toren, die die Neugier plagt,
trink unbesorgt vom Gift des Klugen,

aber hüt' dich vor dem heilenden Saft
des Dummen.‹

Mein Französischlehrer hat geschrieben:

›Du bist ein Engel.
Wie kann es sein, dass du auf Erden wandelst
und dich auf schäbige Holztische stützen musst?‹

Und Hind hat geschrieben:

›Wenn sich die Sonne dem Untergang neigt
und sich Herz von Herz entfernt,
ist dann alles Erinnern verloschen?‹«

# II

## Die zwei von Haus vier

Beim Spielzeughändler gab es eine Puppe, die sich um sich selbst dreht. Ich blieb stehen, kaufte einen Hasen und einen Hund, und bevor ich weiterging, fragte ich eine Frau, die zufällig vorbeikam: »Oder soll ich ihm lieber die Puppe kaufen?« Die Frau hastete davon, ohne zu antworten. Ich legte den Hund auf den Tisch, den Hasen behielt ich im Arm. Ein neuer Name fiel mir ein, für meine Tochter, die ich eines Tages haben werde. Ich schrieb ihn an die Wand, wo schon viele andere Namen standen. Am Morgen, als mich die Mädchen mit meinen zwei Zöpfen, dem geblümten Pyjama und dem Hasen im Arm sehen, lachen sie. Die Wand ist mit Herzen voll gekritzelt, und in meinem Bauch befindet sich ein hohler Raum, den man »Gebärmutter« nennt.

Das hohe Gebäude hat keins der beiden Mädchen dazu gebracht, sich hinunterzustürzen. Beide wollten es, aber keine hat es getan. Das eine Mädchen war dazu nicht im Stande, weil man ihr beigebracht hatte, beim Schaukeln immer nur hinauf- und hinabzusehen, aber nicht etwa fortzufliegen oder hinunterzustürzen. Man nannte sie Aubergine, wie ihr wisst, nur dass sich ihr Name neuerdings auf ein N verkürzt hat. Was das zweite Mädchen betrifft, hat sie dieses Ende ein wenig hinausgezögert, weil sie erst noch ihr krauses Haar zu lauter Zöpfchen flechten musste. Dabei summte sie vor sich hin: »Meine Seele und deine Seele, in Liebe vereint, bevor die Welt begann.« Der Name dieses Mädchens begann mit einem S, wie bei »Safa«.

Es gibt noch andere Mädchen in dem Gebäude; sie rennen zwischen den Zimmern mit blassgelben Wänden hin und her und liegen in Etagenbetten, die zum Träumen gerade breit genug sind. Sie lachen oder weinen, zählen die Insekten, die im Essen mitgekocht sind, oder halten sich an Tee und trockenes Brot, um nicht zu erbrechen. Jeden Morgen hören sie das Gezänk der dicken Putzfrauen in den Fluren, während das Wischwasser unter den Türen hereinsickert und sich der Geruch von Desinfektionsmitteln mit dem Rauch von verbranntem Müll, der durch die Fensterritzen kriecht, vermischt.

Die Klingel schrillt – Frühstückszeit. Laut und streng kontrollieren die Aufseherinnen die Sauberkeit der Duschräume. Vier Mädchen werden im Zimmer 81, Haus vier, gemeinsam Tee trinken, werden sich vier lange Jahre anlächeln, und treten sie hinaus, kommen sie an den Lagerräumen, der Cafeteria, der Telefonzelle, dem Besucherraum und den Verwaltungs- und Sicherheitsbüros vorbei. Sie stoßen auf die drei großen Haupttüren, durch die jeder gehen muss, um ins Freie zu gelangen. Der Nil ist nicht weit weg, die Universität sogar noch näher, und der Bürgersteig, auf dem schon viele Mädchen gehen, bietet für die Neuankömmlinge noch genügend Platz.

Als »N« über das Papier gebeugt saß, den Stift aufsetzte und die erste Zeile zu schreiben begann, wusste sie nicht, dass sie damit einen Irrgarten betrat, für den es hundert Jahre brauchte, um den Ausgang zu finden. Der Junge hieß Zijad, das Mädchen besaß keinen Namen, nur das »N«. Man könnte es natürlich »Nun« nennen, weil das der Name des Buchstaben N ist, geschrieben als Halbkreis und mit einem Punkt in der Mitte, was aussieht wie eine Schüssel, in die gerade ein Tropfen fällt. Der erste Mann in ihrem Leben: Er rennt durch den Flur, tauscht die Plakate an den Wänden aus, klopft draußen den Rhythmus auf die steinerne Bank, singt mit den anderen Studenten Lieder, deren Texte schwer zu behalten sind und die meistens von Gefängnis, Tauben, frischem Wind, freudiger Botschaft und verelendeten Massen handeln. Sie versucht jeden Tag aufs Neue, ihre Ängste zu überwinden. Sie nimmt sich vor, selbstbewusst vor ihn zu treten, ihn offen anzusehen, die Hand auszustrecken, seine Hand zu nehmen und sich nicht zu fürchten. Sie wird ihr Gesicht heben, damit er sieht, wie schön es ist. Sie wird, ohne verlegen zu werden, von ihrem Vater erzählen, dass er ein Kämpfer war und auch immer über Korruption und die vielen Niederlagen geredet hat. Sie wird über den Tod des Vaters sprechen und dass er an einer Embolie gestorben ist, und vielleicht legt er dann den Arm um ihre Schulter. Sie wird ihm von den Narben in ihrem Gesicht erzählen, wohl wissend, dass ihre Augen feucht schimmern würden, vor Trauer über so viel erlittenes Leid. Da würde er vielleicht ihr Gesicht in seine Hände nehmen und leise sagen:

»Ich liebe dich«, und dann würden sie gemeinsam hinaus ins Weite laufen.

Aber er ist immer in Eile, ständig hastet er hierhin und dorthin. Er hält nie inne, und deshalb ist es unmöglich, ihm etwas zu sagen. Nach vier langen Jahren sollte er sich nur daran erinnern, dass ihm ihre Anwesenheit aufgefallen war. »Du warst so rein«, sagte er, und dass solch eine Reinheit selten wäre und er sie für ein höchst anständiges Mädchen gehalten habe. Vier lange Jahre nimmt sie niemand zur Kenntnis. Sie zieht sich in sich zurück, ist »nett und gut erzogen«, bemüht sich, ihre Träume unter Kontrolle zu halten, gewöhnt ihren Augen den demütigen Blick an, den das Leben ihr abverlangt, gibt sich sanft und bescheiden, wie man es schon immer von ihr erwartet hat. Sie zieht sich regelmäßig wegen ihrer Fehler zur Verantwortung. Vor lauter Schweigen vergisst sie, wie man redet, und auf dem Weg zwischen den Hörsälen sieht sie immer nur eins – den langen Pfeil, der in Richtung der Moschee weist. Sie weint und flicht das Haar zu einem Zopf. Sie schiebt das Tuch jeden Tag ein wenig tiefer in die Stirn, damit auch nicht das feinste Härchen zu sehen ist. Ist der Lärm im Hörsaal verklungen, folgt sie dem Pfeil und setzt sich an eine Wand, denn die Moschee ist nichts anderes als ein Winkel zwischen zwei Wänden. Hinter der rechten Wand befindet sich die Cafeteria, deshalb riecht es nach Kaffee, und hinter der linken Wand ist der enge Gang, der zur Frauentoilette führt. Eine Holzplatte schließt den Winkel ab, und der Eingang ist mit einem Vorhang verdeckt. Außer ihr und einer anderen Studentin kommt niemand her. Das Mädchen ist schwarz verschleiert, sie spricht das Vormittagsgebet, und nach einigen zusätzlichen Übungen liest sie mit gedämpfter Stimme im Koran. Sie könnte mit ihr reden, wenn sie das Gebet beendet hat, vielleicht über die Qualen im Grab oder die Zeichen, die den Jüngsten Tag ankünden, oder sie könnte ihr anbieten, ihr das Buch zu leihen, das über die Schädlichkeit der Vorführung weiblicher Reize spricht und Empfehlungen für die innere Einkehr am Morgen und am Abend gibt. Ihr Kleid wird länger, sie zieht Handschuhe an und scheut vor jedem Gruß oder Wort zurück.

Trotzdem lassen die Träume nicht von ihr ab. Nadir schlägt sie, Blut schießt aus ihrem Mund, und alle Nähte, die die Zeit geheilt hat, reißen auf. Es erscheinen viele Männer, auch der Französischlehrer, und die Schuldirektorin hat auf einmal einen dicken Schnurrbart. Sie kommen, zerren sie an den Haaren, werfen mit Steinen nach ihr. Sie läuft weg und schreit, aber keins der Mädchen in ihrem Zimmer wacht auf. Schreien erschreckt hier niemanden mehr, denn in diesem Gebäude, in dem sich so viele Atemzüge vermischen, achtet keiner auf Schreie. Jede Nacht schrillt die Alarmglocke, mal hat jemand eine Nierenkolik, mal einen Albtraum, mal gibt es eine Schlacht, bei der man sich mit Schuhen bewirft, mal setzt nach ausgelassenem Herumtoben kollektives hysterisches Gekreisch ein.

Die Männer, die sie in ihren Träumen heimsuchen, geben sich nicht damit zufrieden, ihr nur hinterherzulaufen. Sie stoßen sie, sodass sie strauchelt und stürzt und plötzlich spürt, wie ihr Körper mit dumpfem Geräusch auf dem Boden aufschlägt. Zuerst weckt sie ihre schlafenden Kameradinnen, damit sie ihr die Hände reichen und sie aufheben. Schließlich tauscht sie das Bett, zieht von oben nach unten, sie lernt alle möglichen Beschwörungsformeln und magischen Sprüche, trotzdem findet sie sich auf dem Boden wieder, spürt den Schmerz und lauscht auf das gleichmäßige, friedliche Atmen der drei anderen Mädchen. Mit der Zeit lernt sie, mit ihren Träumen zu leben. Sie erzählt niemandem davon, denn da die Träume immer wiederkehren, kennt sie schon alle möglichen Deutungen; sie reichen von Schuldkomplex über Verfolgungswahn bis hin zum Gedanken an Selbstmord, um mit der Verletzung des eigenen Körpers den schuldhaften, abwesenden Vater zu bestrafen, der sie hat fallen lassen und nun für immer in fernen Gefilden weilt.

*»Komm her, zieh dich aus.«*

*Ich genierte mich wegen der Haare, die an der Stelle, wo die Beine sich gabeln, sprießen. Ich schüttelte den Staub vom Bett, und während ich das Laken ausbreitete, schaute ich prüfend die Schmutzflecken und Spinnenreste an. Ich schob mir das einzige Kopfkissen ins Kreuz. Die Farbe des Kissens sah nach einem Gemisch aus Milch, Speichel und Urin aus, mit ein paar tiefschwarzen Flecken. Das Zimmer war kleiner als unser Viererraum im Studentinnenheim; außerdem roch es feucht und modrig. Es gab keinerlei Möbel, und überall lagen Zettel und Papiere herum. Und hinter der Tür hockte seine Mutter im Flur.*

*»Zieh dich aus«, sagte er, als er in Windeseile aus seinen Hosen fuhr. Aus seinem Mund schlug mir der Geruch von Alkohol entgegen, und als er seine Zunge tief in meinen Mund hineinschob, schmeckte es nach Eiter; sein Backenzahn war entzündet. Er schob mich unter sich. Mein Blut tropfte auf ein paar Blätter, die auf dem Boden lagen. Er ging nackt hinaus, um zu urinieren, und als er zurückkam, hielt er einen verschlissenen Schlüpfer von seiner Mutter in der Hand und sagte: »Wisch dich ab.«*

*»Los, Safa, nun komm schon«, sagte er, und ich ging hinter ihm her.*

*Jede Nacht folge ich seinen Schritten. Wir stolpern herum, und was ihm in die Quere kommt, stößt er mit seinem zerlöcherten Schuh weg. Wir laufen durch enge Gassen und kommen endlich an.*

*Das Nachbarhaus ist eine Ruine, es liegen Steine und Abfall herum. Ratten jagen Katzen, die laut miauen. Das Haus gegenüber ist ebenfalls verfallen, winzige Lebewesen kriechen auf einem toten Tier herum. Dralle Weiber sitzen im Eingangsflur an Waschbottichen, die Beine breit gespreizt. Sie spritzen mir Wasser ins Gesicht und lachen anzüglich, als wüssten sie, was wir vorhaben. Von deinem Arm beschützt, gehe ich weiter, bis ich in dem nackten Zimmer stehe – der kahle Boden, Papier über Papier, der Aschenbecher, leere Flaschen. Du greifst in meine Tasche und stürzt los, um eine neue Flasche zu holen.*

*»Komm.«*

*Die Wendeltreppe macht mir jedes Mal Angst, es ist dunkel und staubig, und die Stufen sind morsch. Er steigt jede*

*Nacht mit mir hinauf, und sind wir oben, hämmert er mit einer Gewalt an die Tür, die so unkontrolliert wie sein Geruch ist. Seine Mutter öffnet und schlurft ein paar Schritte zurück, ihre Beine sind geschwollen. Er zieht mich zur Tür gegenüber, sie sieht mich missfällig an. Ich starre auf den staubigen Boden und beobachte eine Kakerlake, die sich im Saum ihres Kleids versteckt. Überall nur Staub. Ich suche nach einer Ecke, wo ich vor ihren Augen sicher bin. Ich komme mir klein und widerwärtig vor. Sie sieht mich an, als wäre sie im Begriff, etwas zu sagen, aber ich komme ihr zuvor. »Vielleicht gehe ich besser … Ich weiß den Weg. Ich finde mich schon zurecht, du brauchst nicht mitzukommen. Ich kann gut allein gehen.« Sie dreht mir den Rücken zu und schlurft zu ihrem Bett ohne ein einziges Wort. Er zieht mich in sein Zimmer, schließt die Tür. Er stößt mit den Füßen gegen die Kartons, macht sie auf und wieder zu, holt aus einem der Kartons einen Farbkasten und mehrere Pinsel heraus, die vertrocknet aussehen. Ich breite das Papier mit meinen Blutflecken und das schmutzige Laken aus, presse meine Beine zusammen, und als er sagt, dass ich mich ausziehen soll, lege ich langsam und ohne zu klagen ein Teil nach dem anderen ab. »Trink doch einen Schluck Brandy«, höre ich ihn sagen. Ich suche nach einem Aschenbecher und trinke, und wenn mir ein wenig schwindlig ist, kann ich ihm von meiner Mutter, meinem Vater und den Mädchen in Haus vier erzählen. »Mein Vater hat Tarbusche hergestellt«, sage ich. »Manchmal hat er damit sogar viel verdient. Er hatte mehrere Frauen, meine Mutter war die letzte. An der Wand hing ein Bild von ihm, mit Anzug, einem weißen Hemd mit gestärktem Kragen und rotem Tarbusch. Für mich war er immer alt gewesen. Was hat dein Vater gemacht?«*

*»Einen Idioten.«*

*Er lacht, findet immer mehr Vergnügen an seiner Antwort, und da lache ich mit. Im Zimmer seiner Mutter hängt das Bild seines Vaters, er zeigt es mir: ein dunkelhäutiger Mann in Uniform, Gefreiter, mit düsterer Miene, wie es in alten Zeiten auf solchen Fotos üblich war.*

*Seine Mutter sagt, dass er sie, wenn sie stirbt, verfaulen lassen wird. Ich schüttle eine Kakerlake von ihrem Kleid ab und bin versucht, sie ein wenig aufzuheitern. Ich würde ihr gern frische Kleider hinlegen, aber er lässt mich nicht. Er nimmt meine Hand und sagt: »Keine Sorge, du stirbst nicht. Wenn hier einer stirbt, bin ich es.« Er schiebt mich vor sich her und knallt die Tür hinter uns zu.*

*»Hasst du deine Mutter?«*

*»Wär sie nicht so alt, würde sie sich an irgendeine Straßenecke stellen und mit dem Erstbesten schlafen.«*

*»Du bist gemein.«*

*Er trinkt den Rest in der Flasche aus. »Ich hab dich nicht nach deiner Meinung gefragt, du bist genauso 'ne Hure wie sie.«*

*Ich trete mit dem Fuß nach dem ganzen Krempel – Staub, Papier, der Rahmen, in dem mein Bild sein sollte – und stürze hinaus. Er richtet sich im Bett auf, mit dem Papier unter sich, auf das mein Blut geflossen war, und statt »Warte!« zu rufen, höre ich ihn »Zum Teufel mit dir!« schreien.*

*Ich laufe durch die Straßen. Um diese Zeit, Mitternacht, ist das Tor des Studentinnenheims geschlossen, und Haus vier schläft. Am Nilufer, vor dem Hotel Semiramis, tobt das Leben. Der Strom der Autos reißt nicht ab, und Frauen mit halb entblößter Brust warten Kaugummi kauend auf Kunden. Eine wie ich, mickrig, mit dunkler Haut, ungeschminkt und in Jeans – wer würde sich an so einer schon vergreifen? Obwohl der Soldat, der mit mir gegenüber vom Hotel auf dem Bürgersteig sitzt und seinen Tee mit mir teilt, mich hier und da angrapscht. Ich rauche zu viel, huste schrecklich. Tamburine sind zu hören, ein märchenhafter Hochzeitszug nähert sich. Männer mit Ikals auf dem Kopf winken die Frauen heran, die sich anbieten. Es ist ein nebliger Morgen, in der Luft hängt der Geruch von Parfüm, Rauch und Essen. Trotz des Winters herrscht eine Schwüle, die auf der Haut Spuren hinterlässt.*

»Emanzipiert eben«, sagte er und lächelte.

»Emanzipiert.« Er kaute genüsslich auf dem Wort herum, und in seine Augen kam ein zärtlicher Schimmer. Die anderen drei Mädchen saßen am Ufer. Sie schauten den kleinen Booten zu und beobachteten die Passanten und die Verliebten, die die Stühle in Beschlag hielten. Der Tag verging, man trennte sich, und im Hörsaal begann ein neuer Tag.

Das Mädchen, das in viel zu engen Hosen steckt und in der Hand eine Zigarette hält, sieht mich provozierend an. Hasst sie mich? Sie ist dünn, und das zottige Haar hat sie zu kleinen Zöpfen geflochten. Die Stimme klingt heiser, ist aber trotzdem überall zu hören. Das Mädchen heißt Safa, und dieser Name ist in aller Munde. Safa ist ständig darauf aus, sich mit mir anzulegen, wahrscheinlich deshalb, weil ich geistig und moralisch genau das Gegenteil von ihr bin. Sie hat das obere Bett belegt, aber im Unterschied zu mir fällt sie nicht herunter, wenn sie träumt. Er tastet ihren Körper zärtlich mit den Augen ab und sagt: »Richtig emanzipiert«, und das hört sich so verliebt an, dass ich erschrecke. Ich vergleiche ihren Körper mit meinem, und wenn ich sehe, wie sie die Männer offen mustert, zwinge ich mich, mir meine Verlegenheit nicht anmerken zu lassen. Zu Jachja, dem bäuerlichen Typ mit dunkler Haut, der immer ein strahlend weißes Hemd trägt und die Brille nie absetzt, sagt sie: »Ich finde deine Gedichte reichlich romantisch. Meinst du nicht, dass das Leben mehr zu bieten hat, als ständig die Tugenden der Geliebten zu preisen?«

Jachja fühlt sich bedrängt, er nimmt tatsächlich die Brille ab. Er hat Glotzaugen. Er wischt die Gläser an seinem Hemdärmel ab, setzt die Brille wieder auf und geht weg. Sie lächelt, es amüsiert sie köstlich, dass er so verwirrt ist. Warum verwandeln sich alle Jungen angesichts ihrer unverschämten Art in pubertierende Bengel?

Seine Augen halten ihrem frechen Blick stand, »emanzipiert« nennt er das. Ich stütze mich auf Munas Arm und tue, als würde ich sie führen. In dem Raum, der den blinden Studenten vorbehalten ist, wische ich mir die Tränen ab. Ich fange an, mit lauter Stimme den Koran zu lesen, und obwohl ich ahne, dass mir Muna den Kloß in meiner

Kehle anhört, hoffe ich, dass meine Kraft ausreicht, um ihren feinen Ohren nichts zu verraten.

Gegen Abend gehe ich mit Alja Hand in Hand spazieren. Nadir kommt uns entgegen, hektisch wie immer. Er erkundigt sich, wie es mir geht, was mein Studium macht und ob ich Geld habe. Alja fragt ihn ohne Scheu und mit großem Ernst, was es bei ihm Neues gebe. Das echte Interesse, das aus ihrer Frage herauszuhören ist, zwingt ihn, sie anzusehen, als er anfängt, über Pharmakologie und Anatomie zu reden. Sie gibt ihm ein paar Artikel, aber ich weiß genau, dass er sie nicht lesen wird. Es ist zu einem täglichen Ritual geworden, dass ich ihr von ihm und unserer Kindheit erzähle. Sie schenkt ihm die neue Kassette von Marcel Chalifa, auf der er ein Lied über »die schönste aller Mütter« singt: Sie wartet auf die Heimkehr ihres Sohns, und als er tot, als Märtyrer, zurückkehrt, vergießt sie zwei Tränen und legt ihm eine Rose aufs Grab. Nadir hat ihr noch nie etwas geschenkt. Er lächelt sie an, und wenn seine Hand auch zittert, reichen wird er sie ihr nicht. Als er uns stehen lässt und weitergeht, haken wir uns unter und schlendern zu unserem Gebäude, Haus vier, zurück.

Safas Bett ist leer.

»Was meinst du, liebt er sie?«, frage ich Alja. Sie gibt keine Antwort. Sie zieht sich langsam aus und schlüpft in ihr Bett, gegenüber von mir.

»Emanzipiert, pah!«, fahre ich fort. »Sagt ›emanzipiert‹ und starrt begierig ihr Haar an. Ob er sie liebt?«

»Bist du eigentlich immer nur auf Misserfolge aus?«, schreit Alja plötzlich los. »Stecken wir denn schon wieder in einer Sackgasse, wo es nicht weitergeht? Du bist wirklich absolut blind!«

Ihr Ton ist verletzend, ich reagiere entsprechend scharf. »Und du? Bist du nicht auch blind? Warum suchst du die Nähe von Nadir, wenn du weißt, dass er sich völlig unschlüssig über dich ist?«

»Das ist ganz was anderes.«

»O ja, natürlich, wenn man will, findet man immer Ausreden.«

»Dein Bruder ist depressiv. Er zögert zwar, aber er wird den notwendigen Schritt schon machen.«

»Ja, aber in entgegengesetzter Richtung.«

Es setzt beklemmendes Schweigen ein. Maha, die schon halb eingeschlafen war, erträgt es nicht mehr länger. Sie steht auf, hält ein neues Hemd hoch, das sie genäht hat, und tänzelt damit herum.

»Toll, Maha, das ist wirklich schön geworden.« Alja lächelt Maha beifällig an, worauf die nichts Eiligeres zu tun hat, als sich vor dem Spiegel das Hemd anzuziehen. Sie dreht sich zu uns um, hält mit einer Hand den Ausschnitt zu. »Die Wunde von der Operation sieht schrecklich aus.«

Alja lacht. »Ach was, das bildest du dir nur ein.«

Der Satz hallt mir in den Ohren nach: »... bildest du dir nur ein.« Als ich am nächsten Tag das Hemd im Werkraum sehe, wo es zum Verkauf aushängt, gehe ich schnell vorbei.

Safa, das Mädchen mit den Zöpfchen, das im Bett über mir schläft, übersieht mich im Hörsaal geflissentlich.

Diesmal setze ich mich direkt neben sie. Ich knabbere an den Fingernägeln und sage, dass ich es langweilig finde, mir eine Einführungsvorlesung anhören zu müssen. Kein Kommentar. »Der Lehrplan ist ohnehin klar, das braucht keiner lange zu erklären.« Keine Antwort. »Hast du dir schon was vorgemerkt?«

Sie blickt mich kalt an. Ob sie weiß, dass ich ihn genauso liebe wie sie? Hasst sie mich deshalb?

Ich sondere mich ab, als sich die Jungen um das Mädchen mit den Zöpfchen versammeln. Sie teilen Zigaretten unter sich auf, schlagen sich bei Witzen gegenseitig auf die Handflächen, trommeln auf die steinerne Bank und singen Lieder, die ich nicht kenne. Sie diskutieren über die Revolution, die Arbeiter von Kafr ad-Dawwar, den Aufstand der Hungernden und erzählen sich die neusten Witze über Kaviar und Co-op-Hühner.

Ich spreche mit Maha noch ein paar Morgengebete, bis endlich der Dozent den Saal betritt. Er trägt einen eleganten Anzug und eine grell gemusterte Krawatte. Er legt die Brille ab, sagt lächelnd »Guten Morgen« und fängt an, sich lang und breit über die Rollenverteilung in der Gesellschaft auszulassen, hält sich eine Weile bei den Besonderheiten der Geschlechter auf, kommt bei den Klassenunterschieden an und endet schließlich mit der Definition von Gerechtigkeit.

Safa, das Mädchen mit den Zöpfchen, das im Bett über mir schläft, klatscht heftig, und als er in sein Büro geht, läuft sie ihm hinterher. Alle können sehen, wie sie ihm gegenüber Platz nimmt, eine Zigarette herausholt und er ihr Feuer gibt. Rauchschwaden winden sich in die Höhe, und sie lächelt geheimnisvoll.

Alja breitet eine Matte auf dem Boden aus und setzt sich hin, mit dem Rücken ans Bett gelehnt. Ich stehe in der Mitte des Raums. Alja nimmt Safa ins Visier und erklärt: »Behauptet Sachen, von denen er nichts versteht.«

»Wieso, er hat doch Recht! Ignoranz und Rückständigkeit, das ist genau das, was die Leute am Denken hindert. Es versperrt ihnen nämlich den Blick auf andere Standpunkte«, widerspricht Safa heftig.

»Und wo siehst du den Beweis dafür, dass er so ungeheuer fortschrittlich denkt? Weil er dir Feuer gegeben hat?«

»Ach, du ärgerst dich bloß über das Rauchen? Bist du auch schon so borniert?«

»Jeder Dahergelaufene erzählt was von Gerechtigkeit und Freiheit, aber das ist nur ein Vorwand, um die wahren Werte zu verleugnen.«

»Das dauernde Gerede über Rückständigkeit ist reines Getue. Was wir wirklich brauchen, sind Gerechtigkeit und Freiheit und keine altertümlichen Rituale.«

»Er liebt sie, aber es kümmert sie nicht«, werfe ich ein. »Sie ist einzig und allein mit ihrem fortschrittlichen Professor beschäftigt. Nicht mal seinen Fingernagel verdient sie.« Meine Stimme klingt bedrückt, was mir von Safa einen ebenso mitleidigen wie verächtlichen Blick einbringt. Maha rettet die Situation. Sie liegt oben im Bett und summt ein trauriges Lied.

*Das Mädchen, das sich mit mir das Etagenbett teilt, trägt einen Zopf wie eine vom Land, die sich noch in der Waschschüssel wäscht. Und die Klamotten, die sie anzieht, scheinen aus dem neunzehnten Jahrhundert zu stammen. Wahrscheinlich hat sie die von ihrer Mutter geerbt, der sie ja auch dauernd Briefe schreibt. Ihr Kopftuch wird jeden Tag länger, und macht sie den Mund auf, tönt sie genauso bigott und schwülstig wie ein Azhar-Scheich mit Tarbusch. Wenn ich sie sehe, fällt mir mein Vater ein. Ständig hat er davon geredet, dass des Herrgotts Gnade unerschöpflich sei, und weil er mir Anstand und Sitte beibringen wollte, hat er öfter mal kräftige Ohrfeigen ausgeteilt. Ich solle ja nicht auf die Idee kommen, ein Kleid anzuziehen, das unserm Nachbarn ins Auge sticht. Brauchte ich auch nicht, denn wenn weit und breit keiner zu sehen war, pfiff der eh hinter mir her und schickte mir Luftküsse.*

*Unser Nachbar war der Erste, der mir was über Marx, die verfaulende Bourgeoisie, die patriarchalische Gesellschaft und sexuelle Freiheit erzählte. Er hatte angeboten, mich ein Jahr lang, ich ging noch zur Schule, in Philosophie und Psychologie zu unterrichten. Eines Tages schob er seine Hand plötzlich unter den Tisch, und da fuhr mir der Teufel in den Leib. Damals besaß ich noch Furcht vor dem Herrgott, und ich hatte Angst, dass er uns sehen würde. Andererseits wollte ich nicht glauben, dass Geduld der Schlüssel zum Paradies sein sollte oder dass Gott von all seinen Dienern die am meisten liebt, die arm und hungrig sind, oder dass der, der sich hienieden mit einem bescheidenen Leben zufrieden gibt, das Wohlgefallen des Herrn findet, dass* aber der, der höhnt und spottet, Hohn und Spott ernten wird. Das Mädchen, das in dem Bett unten liegt, bemüht sich unentwegt, die Unterweisungen meines Vaters um etliches zu bereichern. Über die Tür hat sie den Vers gehängt: »Sprich: Sind die Menschen in den Landen gläubig und fromm, wird ihnen der Segen des Himmels zuteil.« Ihr liebstes Argument ist die Schweiz, dieses Land des Luxus, wo die Selbstmordrate angeblich ständig steigt, wie ja überhaupt nach ihren Worten die reichen Länder von Krankheiten und Epidemien gezeichnet seien. Abend für Abend murmelt sie fromme Gebete, und wenns ihr vielleicht hilft, sich ihren Kummer vom Herzen zu reden, geht es mir doch unglaublich auf die Nerven. Deshalb habe ich auch neulich den Teller mit dem Moussaka zuerst vor ihr hingestellt. Ich konnte sie genau sehen, die kleine Maus, die in dem riesigen Topf geschwommen war, aus dem hier tausend Mäuler gestopft werden, wie in einem Konzentrationslager. Eine kleine, gebratene Maus, hübsch dekoriert mit Auberginenscheiben. Ich hab sie herausgefischt und ihr direkt vor die Nase gehalten. »Da, iss! Mäuse sind nicht unrein. Auf jeden Fall ist so 'ne Maus glaubensmäßig mehr erlaubt als diese amerikanischen Gummihühner, bei denen man beim Schlachten nicht mal das Glaubensbekenntnis spricht. Also bitte, iss!«

Das Mädchen hielt die Hände vor den Mund, da wusste ich, dass es gleich brechen wird.

Alja nahm sich der Angelegenheit an. Sie schrieb eine Beschwerde und sammelte dutzende von Unterschriften. Als die Direktorin die Maus sah, spuckte sie in ihr Taschen-

*tuch und sagte: »Ihr solltet eurem Herrgott dafür danken, dass ihr für das Essen nichts bezahlen müsst. Heutzutage haben die Leute weder Öl noch Zucker, manche haben nicht einmal ein Stück Brot. Aber ihr kennt keinen Dank, wisst nicht, wie gut es euch geht.«*

*Bis die Sache vergessen war, haben wir unsere Mägen erst mal mit Brot besänftigt, das wir in schwarzen Tee tunkten. Ansonsten habe ich lange Artikel über Gerechtigkeit, Revolution, Verteilung der Vermögen, Marx und Ali Ibn Abi Talib gelesen und die Losungen geschrieben, die wir für die Wandzeitung brauchen. Ich kann also mit ruhigem Gewissen einschlafen.*

Ihre Stimme gellt über den Flur. »Ich erlaube Ihnen nicht, mich irgendwelcher schmutzigen Dinge zu bezichtigen!«

»Ich möchte nur wissen, wo du die Nacht verbracht hast.«

»Bei Verwandten, bei Freunden, das geht Sie nichts an.«

»Es geht mich sehr wohl etwas an, ich tue nur meine Pflicht. Du hast gar keine Verwandten.«

»Ihre Pflicht ist, darauf aufzupassen, dass ich die Rechte anderer achte, aber nicht, mir hinterherzuspionieren.«

»Ich habe darauf zu achten, dass du dich anständig und gesittet benimmst.«

»Mein Benehmen ist einwandfrei, und selbst wenn es das nicht wäre, ginge es Sie nichts an. Ich habe ein Gewissen und besitze genügend Verstand, um zu wissen, was ich zu tun und zu lassen habe.«

»Solche Lasterhaftigkeit können wir hier nicht gebrauchen.«

Die beiden Stimmen werden immer lauter, ich stürze in den Flur. »Lassen Sie es gut sein, bitte ...«, sage ich und lege dem Mädchen mit den Zöpfchen die Hand auf die Schulter. Sie schiebt sie weg und schreit mich an: »Ich habe mir nichts zu Schulden kommen lassen, für das du dich an meiner Stelle entschuldigen müsstest.«

Alja kommt, wiederholt genau das, was ich auch schon zur Aufseherin gesagt habe. Sie zieht das Mädchen in unser Zimmer und lässt mich einfach stehen.

Das Mädchen weint nicht, es schimpft. »Alte Puffmutter, hackt im Namen der Moral auf jedem herum, der ihr nicht passt.«

Sie raucht eine Zigarette nach der anderen, wirft die Kippen einfach auf den Boden. Dann zieht sie sich aus, und zwar ohne uns zu bitten, uns umzudrehen oder wegzusehen. Sie flicht das nasse Haar zu kleinen Zöpfen, wirft wieder eine Kippe auf den Boden und geht hinaus.

»Ob sie bei ihm war?«, frage ich Alja.

Sie gibt keine Antwort.

»Chalid ist gestern Abend vorbeigekommen«, sagt Maha. »Er hatte vor, mit meiner Mutter zu sprechen. Ich habe ihn gebeten, es nicht zu tun ... Ich tauge nicht zur Ehefrau, ich tauge zu gar nichts.«

Wir merken ihrer Stimme an, dass sie gegen die Tränen ankämpft. Ihre letzten Worte hallen noch in mir nach, als plötzlich Alja anfängt zu reden – über die wahre

Liebe, die es nicht mehr gibt, über das Leben und den Tod, über den Duft des Jasmins. Sie verstummt, und wir schweigen lange.

*Die Scheich-Ali-Bar ist zwar nicht gerade eine Kneipe, trotzdem geht so aufmüpfiges Volk wie er und ich da hin. Wir, die bei Demonstrationen Losungen gegen die Preissteigerungen und die Arbeitslosigkeit skandieren, und am Ende erwarten uns die Lastwagen der Staatssicherheit und die Soldaten, die uns mit elektrischen Schlagstöcken und Tränengas vor sich hertreiben. Wir rufen großartige Sprüche über Gerechtigkeit, Revolution und die Handlanger Amerikas. Wir boykottieren Hamburger, Kentuckys und tiefgefrorenes Geflügel. Wir sitzen auf blödsinnigen Versammlungen herum, wo über Marx, Trotzki und den Frust im Allgemeinen und im Besonderen geredet wird. Die Gedichte, die die Typen schreiben, sind alle ähnlich. Selbst bei mir findet sich dieser hochgestochene Stil, wenn ich über ideologische Standhaftigkeit und revolutionäre Literatur schreibe.*

*Vom Dichten noch ganz erschöpft, rezitiert er in der Scheich-Ali-Bar seine neuen Werke. Hinterher heißt es: »Für den Anfang gar nicht schlecht«, und dass Genialität allein nicht reicht, sondern man auch hart arbeiten müsse. Was ihn total begeistert, ist, wenn ihn die anderen auf ihren Schultern tragen und er aus dem Stegreif Losungen schreit, die die Demonstration anheizen:*

*»Müss'n wir schon in Säcken laufen, woll'n wir wenigstens Brot uns kaufen!«*

*Oder: »Da speisen sie Huhn, saufen Whisky aus 'm Kübel, doch dem Volk ist vor Hunger schon lange übel.«*

*Oder: »Pass auf auf dein Geld, Amerika, denn morgen sind wir Araber da.«*

*Schweißperlen glitzern auf seiner Stirn, und wir rennen und werfen Steine. Irgendwann ziehen wir uns erschöpft zurück und zählen die auf, die verhaftet wurden oder sich noch schnell verstecken konnten. In solch einem Augenblick wird er für mich immer größer, wird er zu dem Mann, von dem ich immer geträumt habe.*

*In der Scheich-Ali-Bar singt eine Frau. Sie wird von der Ud begleitet, und es ist immer das gleiche Lied:*

*»Meine Seele und deine Seele,*
*in Liebe vereint,*
*bevor die Welt begann.«*

*Wenn er noch nicht betrunken ist, greift er in mein Portmonee, kauft mir einen Kranz Jasminblüten und küsst mich. Seine Freunde lachen, klatschen und trillern. Er trinkt weiter, und irgendwann ist es wieder so weit, dass er sagt: »Los, komm, wir müssen das Bild zu Ende malen.«*

*Wir gehen durch die dunklen Straßen. Er ist so betrunken, dass er seine Hose öffnet und pinkelt, und zwar an einen Lastwagen von der Staatssicherheit, der vor der Amerikanischen Universität parkt. Bei der Polizeistation von Bab-asch-Scharija pinkelt er noch mal, weil der Dienst habende Offizier geradezu darauf versessen ist, ihn zu durchsuchen und ihn einen Hund von Kommunisten zu nennen. Dem Feldwebel ist es wiederum ein Vergnügen, ihn, wenn er durch die Straßen schwankt, aufzulesen und für die Nacht hinter Gitter zu bringen.*

*Ich trinke, und zwar viel zu viel. Also können wir quatschen, und das Papier, auf dem mein Blut getrocknet ist, muss eben warten. Komm, lass uns einfach herumspinnen.*

*Als wir am Morgen aufwachen, hat er Kopfschmerzen. Mich packt die Panik, denn höchstwahrscheinlich muss ich mir wieder die gleiche Frage anhören, nämlich wo ich die Nacht verbracht habe. Ich werde meine ganze Frechheit aufbieten müssen, um genau dann, wenn die Aufseherin auf mich zukommt, vor ihr auf den Boden zu spucken. Da wird sie sichs zweimal überlegen, ob sie sich mit mir auf eine Diskussion einlässt. Außerdem muss ich vergessen, was er gesagt hat. Je mehr Zeit vergeht und je öfter er das sagt, desto mehr werde ich mich an den Schmerz gewöhnen. Sein Vater musste in viele Kriege ziehen, und er ist gestorben, als seine Mutter noch eine hübsche Frau mit schönen Beinen war. Er hat im Bad Trotzki gelesen, wobei dieses »Bad« eigentlich nur eine Toilette ist, mit einem Stehklo, einem Haken an der Tür, einer Ablage für Schwamm und Seife und einem Wasserkrug. Über die Wände huschen Kakerlaken und Geckos. Es ist noch immer ein altes Haus, aber damals sah die Toilette wahrscheinlich noch viel schlimmer aus. Irgendwann hat seine Mutter es geschafft, den Zementboden fliesen und eine Dusche einbauen zu lassen. Sie hat auch die Ritzen zum größten Teil verschmiert und einen Hocker gekauft, auf den sie sich setzt, wenn sie ihre Hacken schrubbt. Sie hatte schöne Beine, das reichte, um die Aufmerksamkeit des Klempners, der die Toilette umbaute, auf sich zu ziehen. Es gab noch andere Männer, von denen sie etwas wollte, zum Beispiel den Busfahrer. Wenn der Bus voller Menschen war, sich die Leiber dicht an dicht drängten – manche hingen sogar aus den Fenstern –, wenn der Geruch von Schweiß und anderen Flüssigkeiten in der Luft stand und die Leute über Zucker, Öl und Brot redeten, dann brachte seine Mutter das Kunststück fertig, sich mit den Umstehenden zu unterhalten und gleichzeitig ihre prallen Hinterbacken dem Busfahrer so hinzuschieben, dass seine Hand sie begrapschen konnte. Der Mann, der gerade vor ihr stand und zwangsläufig ihre Schenkel zu spüren bekam, geriet gewissermaßen in Bedrängnis, denn die Masse der Leiber schob ihn immer dichter an ihren Unterleib heran. Die Brust hingegen bot sich jeweils dem an, der nahe genug herankam. Wer es war, der da neben ihr stand, das sah sie nicht. Als sie aussteigen wollte, kniff sie der Busfahrer schnell noch in den Schenkel. Sie kicherte, hielt aber abrupt inne, weil sie ihren einzigen Sohn versehentlich mit dem Ellbogen am Kopf erwischt hatte. Schweigend gingen sie nach Hause, aber gleich beim ersten Streit packte sie die Kiste mit Trotzki, Kavafis und van Gogh, warf sie die Wendeltreppe hinunter und schrie: »Hau ab, du Hundesohn!« Nachdem sich der Sohn angewöhnt hatte, meist woanders zu übernachten, gab es weniger Streit zwischen ihnen. Mal schlief er am Ofen in der Bäckerei, wo er arbeitete, mal bei Schulkameraden, mal auf einem Bürgersteig, mal im Café, mal in der Scheich-Ali-Bar. Ihre Füße schwollen immer mehr an, die*

*Beine sahen aus wie Baumstümpfe, aber sie bestand darauf, die Pension des Vaters selbst abzuholen und abzustempeln, statt zu unterschreiben, denn schreiben konnte sie nicht. Sie zählte und zählte das bisschen Geld, beschuldigte ihn, sie zu bestehlen, obwohl das Geld kaum fürs Brot reichte. Manchmal weinte sie, wenn ich da war, und an Tagen, an denen sie mich nett fand, zog sie aus irgendwelchem Plunder ein Stück Brot hervor und sagte: »Na, nimm schon. Ist Baguette.« Sie nutzte die Situation aus und stellte mir peinliche Fragen, aber ich war viel zu verlegen, um darauf zu antworten. Sie scherte sich nicht darum, sondern redete munter drauflos, was für eine Enttäuschung ihr Sohn für sie sei und dass er nach seinem Vater komme, der auch solch ein Schlappschwanz gewesen sei. Dabei gab sie mir mit einem unmissverständlichen Zwinkern zu verstehen, dass sie auf Sex anspielte. Sie sei ihm immer eine gute Mutter gewesen, erzählte sie, wenn sie nur daran denke, wie sie ständig die Kinder verscheucht hätte, mit denen er in der Ruine nebenan gespielt habe. Sie seien ständig auf ihn raufgestiegen und hätten ihn unentwegt geärgert. An allen ihren Krankheiten sei nur er schuld, klagte sie, worauf er wiederum von seinen Erinnerungen als Sohn einer Nutte erzählen musste. Da ging es dann richtig los, er warf ihr ihre Hurerei vor, sie ihm, kein richtiger Mann zu sein, und die Schlacht endete damit, dass er die leeren Brandyflaschen auf den Boden schmiss. Er wusste, dass sie nur noch kriechen konnte und sich eine Menge Schnitte holen würde.*

Er legte es darauf an, zu viel zu reden, zu viel zu lachen und sich mit allen Dozenten herumzustreiten, und wurde er schließlich des Saals verwiesen, setzte er sich draußen auf die steinerne Bank und verkündete in lässigem Ton, dass alles unwichtig, nutzlos und unmenschlich sei.

»Jede Auseinandersetzung hat Klassencharakter.« Er warf einen Blick auf mein Kopftuch und sagte: »Euer Gott regiert uns von oben. Man hat ihn erfunden, damit wir unsere Hälse gen Himmel recken und vor lauter Geboten den Boden unter den Füßen verlieren. Man hat ihn erfunden, um für immer und ewig die Klassenunterschiede zu sichern.«

Sein Gerede provozierte mich, aber ich blieb stumm. Ich wagte es nicht, ihm zu entgegnen, dass es die Atheisten und Kommunisten seien, die über den Islam herfielen, dass sie einen geistigen Angriff auf den Intellekt unserer Jugend führten, dass seltsamerweise wieder einmal der Islam das Opfer sei, dass die Errichtung des islamischen Staats nicht nur eine religiöse, sondern gesellschaftliche Pflicht sei, dass die Gotteskrieger den heiligen Krieg wiederbeleben müssten, denn der einzige Ausweg seien strenge Strukturen, eisernes Pflichtgefühl und unermüdlicher Einsatz. Andererseits brauchte ich das gar nicht zu sagen, denn genau diese Gedanken standen auf den Transparenten und Plakaten überall auf dem Universitätsgelände und dröhnten, wie Hymnen gesungen, aus den Boxen der islamischen Bücherstände bis in die Hörsäle hinein.

Ich war verwirrt und kaute auf den Lippen herum. Ich wollte auf keinen Fall Streit mit ihm haben. Ich hätte ihm so furchtbar gern Dinge gesagt, für die er mich auf der Stelle lieben würde, zum Beispiel, dass ich schrecklich feige bin, dass ich mich manchmal für meinen Körper schäme, dass ich nicht weiß, wie ich es anstellen soll, mich wie die anderen zu benehmen, dass es vielleicht daran liegt, dass ich mir immer wie ein Klumpen Fleisch vorgekommen bin, in den man Gesichtszüge hineingeknetet hat, und wenn ich dann anfinge zu weinen, würde er mir bestimmt auf der Stelle versichern, dass ich gut aussehe, viel schöner, als ich glaubte. Aber ich brachte kein einziges Wort heraus, ich stand einfach nur da und zitterte.

Aber Alja, die sich sonst immer zurückhielt, blaffte ihn auf einmal an: »Hältst du etwa diese sophistischen Spinnereien für fortschrittlich? Ich will dir mal sagen, worum es geht. Da ist ein von Gott gesandter Text, und der Text bedarf einer Interpretation, und das bedeutet wiederum: selbstständig entscheiden. Aber um das zu tun, muss man die Verse in ihrer Gesamtheit sehen, mit ihrer generellen Bedeutung, was heißt, man darf sich nicht bei den Gründen aufhalten, warum die einzelnen Verse offenbart wurden. Über das Problem gab es schon immer Streit. Wir brauchen eine Interpretation, die den Sinn, den Geist des Textes verständlich macht, also weder eine besondere Glaubenssicht noch irgendwelchen politischen Ehrgeiz bedient.«

Wahrscheinlich hoffte sie insgeheim, dass Nadir sie hören würde. Dann wären sie endlich ins Gespräch gekommen. Sie hätten sich über die Bedeutung der göttlichen Herrschaft streiten können und wie jeder von uns die Autorität des Textes dafür bemüht, dem anderen einen Strick zu drehen. Aber er hat sie nicht gehört. Er hastet immer schnell vorbei, und bleibt er doch stehen, reibt er sich nervös die Hände und erklärt, dass dieses oder jenes Hilfsprojekt ihn völlig in Beschlag nehme oder dass er gerade mithilfe der Gewerkschaften und des Studentenverbands Spenden für die afghanischen Mudschaheddin sammle.

Alja versucht über ihren Kummer hinwegzukommen, indem sie sich mit dem Kaffeesatz in ihrer Tasse beschäftigt und für den schönen Jüngling, der sie immer nur traurig macht, ein Lied singt. Wie immer zeigt sich in ihrer Tasse nichts, das deutbar wäre, aber in meiner Tasse zeichnet sich ein langer Weg ab, an dessen Ende ein schwarzer Vogel kreist. In der Tasse von dem Mädchen mit den Zöpfchen hocken zwei Eulen; je öfter sie die Tasse hin- und herkippt, desto deutlicher sind die Gesichter zu sehen. Sie machen mir Angst. Maha starrt indessen die Innenseite ihrer Hand an, sie studiert die Lebenslinie. Für Alja steht fest, dass sich die Bedeutung von Träumen mithilfe des Kaffeesatzes erklären lässt. Das ständige Starren in die Tassen hat uns müde gemacht, wir löschen das Licht. Dunkelheit lastet im Raum, Stimmen wispern, verschmelzen miteinander. »Er meidet mich, will nichts von mir wissen … Eine Liebe ohne Hoffnung ist das edelste Gut … Jedes Mal ein neuer Stich ins Herz, ich kann nicht mehr … Ich tauge zu nichts … Er will nach Afghanistan, redet immer nur von Ungläubigen und heiligem Krieg …«

Am Morgen ist ein heftiges Wortgefecht zu hören, das

Mädchen mit den Zöpfchen streitet mit der Aufseherin. »Ich lasse mir diese Verdächtigungen nicht mehr gefallen!«

»Deine Kommilitoninnen haben dich beschuldigt.«

»Und? Wissen Sie aus welchem Grund?«

»Ich weiß nur, dass ich deine Sachen zu durchsuchen habe.«

Wütend zerrt das Mädchen alle Kleidungsstücke hervor und breitet sie vor ihr aus. »Hier, kontrollieren Sie, suchen Sie alles ab.«

Sie besitzt nicht viel, das meiste ist ziemlich abgetragen. Schließlich legt sie auch noch die Unterwäsche hin und schaut sich herausfordernd um. Sie hält ein Stück nach dem anderen hoch, die Wäsche hat Löcher. Misstrauisch beäugt die Aufseherin eine Flasche mit Parfüm.

»Meinen Sie, ich hätte nichts Besseres zu tun, als Parfüm zu klauen?«

Die Aufseherin verlässt das Zimmer, das Mädchen weint. Was würde er tun, wenn er sie weinen sähe? Ob er auch die Tränen des Mädchens liebt?

Am Abend sage ich zu Alja, dass diese Safa genauso schwach und verletzbar ist wie wir. Sie gibt keine Antwort, stattdessen presst sie das Gesicht ins Kopfkissen. Wir löschen das Licht und schließen die Fenster. Maha drückt ihre Handarbeit an die Brust und summt traurig:

»Ach, Liebster, bin ein Vögelchen nur,
allein auf kalter, weiter Flur.«

*Wann immer ich aus Haus vier floh, lief ich schnurstracks in die Scheich-Ali-Bar. Ich wusste, dass er dort mit seinen Freunden sitzen würde. Sie prahlten mit ihren Erlebnissen im Gefängnis, tauschten Neuigkeiten über die Spitzel aus, die Berichte über sie schrieben, und warteten auf die mitternächtlichen Razzien.*

*In der Scheich-Ali-Bar entwarfen wir viele Plakate, mit Karikaturen von Nagi al-Ali oder dem Aufruf, amerikanische Waren zu boykottieren, oder mit Anklagen gegen den Zionismus. Wir organisierten Massendemonstrationen, die von der Universität zur israelischen Botschaft führten. Wir verbrannten die israelische Fahne und warfen Steine auf das Gebäude. Das war, bevor das Gelände der Universität von Sicherheitskräften umzingelt wurde und die Islamisten im Studentenverband die Wahlen gewannen. Das war noch vor der letzten Konfrontation. Damals redeten alle davon, was für geniale Sprechchöre er erfand und wie toll er sie inszenierte.*

*Danach war er in der Universität als Kommunist verschrien, man wollte ihn diffamieren. Das war die Zeit, als er mich oft wegjagte und ich den Rest der Nacht auf der Straße mit dem Polizisten vor dem Semiramis verbrachte. Er hustete genauso stark wie ich. Als er sich bei meinem Körper gut auskannte, erlaubte er mir, ganz aus der Nähe einen Blick auf die verlassene Szenerie im Hotel zu werfen, mit Kaviar und Wein und den Männern, die den Tänzerinnen Dinare an die Schenkel klebten. Ich erzählte ihm von meinen Enttäuschungen und Niederlagen, von meinem Vater, dem Tarbuschmacher, und meiner Mutter, die vor lauter Unglück über das Alleinsein damit angefangen habe, meine Hochzeitsausstattung herzurichten. Ich lachte, und er stimmte mit ein, lachte über Dinge, die er nicht verstand.*

*In den Hörsälen und auf den Fluren trugen sie Transparente mit Losungen über den heiligen Krieg und die afghanischen Mudschaheddin. Er hielt ihnen entgegen, dass diese Mudschaheddin gedungene Söldner, Agenten des amerikanischen Hamburgers und von Haschisch benebelt seien. Sie würden im Namen der Religion Schiebergeschäfte betreiben, um die proletarische Revolution zu zerschmettern. An der Tür zum Gang zerrten sie ihn in ihre Mitte, es gab ein Handgemenge, und von allen Seiten erschollen Rufe. Die einen schrien: »Nicht Osten, nicht Westen, Islam ist am besten!«, und die anderen brüllten: »Wach auf, Abd el Nasser, und schau dir an, wie sie die Revolution vergewaltigt habn!«*

*Keine Sicherheitsleute, keine Trillerpfeifen, keine elektrischen Schlagstöcke. Nur die Sirene eines Rettungsautos kündete davon, dass die Zeit der Trauer länger währen würde.*

Ich schaue ihr braunes, energisches Gesicht an. Sie tobt mit ihm auf dem Bürgersteig herum, und als sie sich auf die steinerne Bank setzen, zieht sie an seiner Zigarette. Sie stimmen ein Lied an, ich kenne es nicht. Ich stürze die Felsen meiner Ängste und Bedenken ins Wasser, doch die Wellen, die sie schlagen, schwemmen noch mehr Fragen heran. Warum liebt er sie und nicht mich? In meinen Träumen fange ich Streit mit dem Französischlehrer an, er verjagt mich aus seinem Unterricht, ich drohe ihm: »Wenn du nicht aufhörst, mit Hind zu flirten, werde ich weggehen.«

Ich verfalle in Schweigen, ziehe mich ganz zurück und starre wie eine Süchtige auf den Kaffeesatz in meiner Tasse. Maha näht an einem neuen Hemd, das sie verkaufen will.

»Nadir ist eigentlich depressiv«, sagt Alja. »Er scheut vor neuen Beziehungen zurück und gibt dem gemeinsamen Gespräch keinerlei Chance. Sein Verhältnis zu Frauen ist total gestört, deshalb kann er weder mit mir noch mit einer anderen Frau reden.« Ihre Stimme klingt bedrückt.

Das Mädchen mit den Zöpfchen fragt: »Warum redest du eigentlich immer über ihn, als sei er krank? Und selbst wenn ers wäre, dann ist er doch nicht dein Patient, sondern immer noch der, den du liebst?«

Ich frage mich, wie sie mit Nadir umgehen würde, wenn er ihr Geliebter wäre. Würde sie mit ihm ausgehen? Bei ihm übernachten? Würde er ihr erzählen, wie er den Dozenten außer Gefecht setzte, als er ihn, angesichts der Autorität des durch und durch religiösen Textes, nach seinem Verständnis von »selbstständiger Urteilsfindung« fragte? Wie er ihm mit der Frage zusetzte, warum so lange über diesen Text gestritten werde, da doch jeder Satz absolut klar und eindeutig sei? Oder würde er mit ihr lieber darüber reden, wie er sich die gemeinsame Wohnung vorstellt? Würde er ihr Namen für die Kinder vorschlagen?

Alja schaut mich an; über ihre Wangen laufen Tränen.

»Dein Bruder kommt mit sich selbst nicht zurecht. Ich habe ihm gesagt, dass ich von ihm nichts erwarte, keine Ansprüche stelle, und weißt du, was er erwidert? Er werde einen Aufsatz über die islamische Bewegung in den letzten fünfundzwanzig Jahren schreiben. Wir gingen zusammen ein Stück, er hat mir eine Kassette mit seinem Lieblingslied geschenkt. Weißt du, welches das ist? ›Was sehn ich mich nach Mutters Brot, was sehn ich mich nach ihrem Kaffee …‹ Ich habe gesagt, dass er mich nicht liebt, dass er für mich auf der Landkarte seiner Träume keinen Ort vorgesehen hat. Ich habe mir meine Liebesbriefe zurückgeben lassen, hab sie zerrissen und in den Nil geworfen. Aber er fängt an, sich darüber auszulassen, dass eine gesellschaftliche Veränderung aus einer Gruppe heraus absolut unmöglich sei, weil der organisatorische Aufbau der Gruppe auf hierarchischem Gehorsam beruht. Den Alten, die an der Macht sind, gehe es nur darum, sie sich gegenseitig streitig zu machen. Ich fing an zu weinen, aber er redete immer weiter, über rationales Bewusstsein, Selbstkritik, Führen und Dienen, schöpferische Kraft und die Fähigkeit, sich unterordnen zu können. Die autokratische Herrschaft sei nicht nur eine mögliche Staatsform, sondern vor allem eine geistige Haltung und ein Programm. Unsere heutige Gesellschaft sei ein aufgeblähter Apparat, der den Islam missbraucht, um seinen totalitären Anspruch durchzusetzen. Aber Gott habe die Religionen erschaffen, um die Menschen von den Ketten zu befreien und nicht, um die Ketten segnen zu lassen. Ich bin überzeugt, dass sie deinen Bruder unter Druck setzen, er ist völlig durcheinander. Seine Hände zittern, er kann nicht mal mehr ein Skalpell halten. Er hat mir gesagt, er wolle zu einem Psychiater gehen.«

Ich beschwöre mir das Gespenst herauf, das den Namen Königin Nariman trägt. Sie hat sich ins Zimmer ihrer Trauer verkrochen, vielleicht sitzt sie aber auch auf der Veranda unter dem Jasmin, zählt die herabfallenden Blütenblätter, als seien sie Tote, oder sie hockt vor dem Ofen und starrt in die Flammen. Ach, der Ofen funktioniert ja nicht, also liegt sie bestimmt unter der Bettdecke und träumt von dem Jungen, der die Trommel schlug und auf und davon ging, und sie – sie läuft ihm vergeblich hinterher.

Alja schluchzt in mein Kopfkissen. »Vielleicht tun sie ihm Gewalt an …«

Da erzähle ich ihr, wie er einmal die Bierflaschen, die im Kühlschrank lagen, auf dem Boden zerschlagen und zu meiner Mutter gesagt hat, dass Gottes Fluch alle gleichermaßen trifft – die das Bier brauen, die es kaufen und die es trinken. »Und Saad Pascha saß mit ein paar Freunden auf der Veranda und redete über Liberalismus, Demokratie und Militärregimes. Er klopfte mit den Fingern auf die Tischplatte, sagte, dass Ägypten seinen absoluten Tiefpunkt erreicht habe, ging mit einem flüchtigen Blick auf die Scherben in sein Zimmer und starb.« Ich sage, dass sich Nadir damals die Schuld an seinem Tod gegeben habe und die Königin in Tränen ausgebrochen sei.

Maha klagt über Schmerzen in der Brust. Wir machen das Licht aus und warten ruhig atmend den neuen Tag ab.

*Er sitzt in der Scheich-Ali-Bar und trägt ein neues Gedicht vor. Zum ersten Mal applaudieren alle.*

*»Zwei sind wir, wir sind zu zweit,*
*zwei Schuh nenn ich mein Eigen.*
*Die Zeit, sie drängt und macht beengt*
*wie Straßenfluchten und Monatsend,*
*wie mein Gemüt, wenn ich hör: Heiraten wir.*
*Zwei sind wir, wir sind zu zweit.*
*Bin ich dir treu, betrügst du mich,*
*bist du mir treu, betrüg ich dich.*
*Ein Augenblick vereint uns vielleicht,*
*wenn wir uns alles teilen,*
*den Schauder, das Atmen, das Leinen.*
*Doch ist's zu Ende, dann und wann,*
*zieht jeder seine Schuhe an.«*

*Wir reden über die Schmerzen der Liebe, Entfremdung, Verzweiflung, Enttäuschungen, das Bewusstsein der intellektuellen Elite und die Islamisten, die der Zorn der Massen hervorgebracht und die ihren Aufruhr für sich genutzt haben. Ich liebe ihn trotz allem, und ich finde ihn wunderschön, mit seinen mandelförmigen Augen und vollen Lippen, die mich, wenn er nüchtern ist, küssen. Aber wenn wir zusammen schlafen, uns vereinen, wie er es so großartig nennt, wenn wir Schaudern und Atmen teilen, habe ich im Unterschied zu ihm nicht das Gefühl, dass wir eins sind. Meistens ist er betrunken, und sein Körper lastet schwer auf mir, so wie sein blödsinniges Gefasel. Er will wissen, ob seine Mutter Recht hat mit dem, was sie über seine Männlichkeit sagt. Um sich zu beweisen, dass er nicht schlappmacht, unternimmt er einen Anlauf nach dem anderen. Er geht mit einer Grobheit vor, die eines Kriegers würdig wäre, und kehrt eine Aggressivität hervor, auf die ein Revolutionär stolz sein könnte. In solchen Momenten ist er weit, weit weg. Und dann sagt er mir keuchend, wie zufrieden ich mit ihm sein müsste, dabei kriegt er nicht einmal mit, ob er noch in mir drin oder bereits rausgerutscht ist. Er schreit, ist auf Teufel komm raus entschlossen, nach jeder Runde zu weinen, und ich – ich schiebe ihm mütterlich meine Brust hin, damit er das Gefühl hat, dass ich ihn und nur ihn begehre. Allmählich fange ich an, dieses Schmierentheater, das er auf meinem Leib veranstaltet, zu hassen.*

*Als ich wieder einmal in Haus vier bin, erkundige ich mich bei Alja nach dem Ödipuskomplex, den Spätfolgen von zu plötzlicher Entwöhnung vom Stillen und den Spielarten frühkindlicher Sexualfantasien.*

Es gibt nichts mehr, was ich an meinem Kleid verlängern könnte, das Gleiche gilt fürs Kopftuch. Das Einzige, was ich von der Welt wahrnehme, nachdem ich mich vier Jahre in meinem Schatten versteckt habe, ist, dass der dünne Junge, der aus der Vorlesung geworfen wurde und dessen Liebe und Hass ich mir mit dem Mädchen mit den Zöpfchen teile, dass er mit diesem Mädchen Arm in Arm durch Cafés und Bars zieht, während ich ihn nur aus meiner Höhle heraus beobachten darf. Nur ein paar flüchtig hingeworfene Worte sind es, mit denen er sich an mich erinnert: »Ich bewundere deine Haltung, auch wenn wir völlig unterschiedlich sind.« Eine Heilige bist du, Nada. Als Heilige bist du ins Leben getreten, und unschuldig und rein wirst du es verlassen. Es hat dir nichts gegeben, und du hast ihm nichts gegeben.

»Du bist so rein, so gütig.« Pah, Worte! Aber dem Mädchen mit den Zöpfchen schickt er all die Briefe, die du niemals erhalten wirst.

»Du brauchst eine wirkliche Liebe«, sagt Alja. »Dein Problem ist, dass du keinerlei Erfahrungen gemacht hast, die deinen Horizont erweitern könnten. Komm heraus aus deinem Schneckenhaus, und sieh endlich das Leben so, wie es wirklich ist.«

Sie hat noch nicht zu Ende gesprochen, da hören wir einen Schrei. Wir stürzen auf den Flur. Drei schreckliche Frauen mit Eulengesichtern halten das Mädchen mit den Zöpfchen, das sich heftig wehrt, fest.

»Ihre Tanten sind gekommen«, sagt die Aufseherin. Wir wollen dem Mädchen helfen, aber die Eulen stoßen sie ins Zimmer hinein, und die Aufseherin zieht die Tür zu. »Eine Familienangelegenheit, das geht uns nichts an.«

Als wir das Mädchen trotzdem aus den Händen der Tanten befreien, blutet es und schluchzt: »Warum?«

Keine von uns weiß eine Antwort. Bevor die Tanten den Beschluss verkünden, das Mädchen von der Universität zu nehmen, zerren sie ihre Sachen aus dem Schrank und werfen alles in den Müll. In den Papieren finde ich die Briefe, die er dem Mädchen geschrieben hat: »Ich liebe dich, du kleines Biest, ich liebe dich. Alle Gedichte der Welt reichen nicht, um meine Gefühle für dich auszudrücken …«

Ich sammle die Jasminketten, Briefe und Karten zusammen.

Alja sagt: »Hör auf, dir was einzubilden. Selbst wenn du das Zeug jetzt herumschleppst, geschrieben hat er die Briefe für sie. Er liebt dich nicht. Keinen einzigen Tag hat er an dich gedacht. Bist du wirklich so naiv? Glaubst du etwa, dass er ein Phantom lieben könnte, das ihn aus tausend Kilometer Entfernung mit Blicken bedenkt? Du bist genau wie dein Bruder, ihr flieht vor der Wirklichkeit, während wir im Heute fast ersticken und nicht wissen, was uns das Morgen bringt. Aber Nadir oder du, ihr steht untätig herum. Ihr steckt den Kopf in den Sand, damit ihr nichts sehen müsst.«

*»Komm, fangen wir an.«*

*Er will das Bild zu Ende malen. Ich ziehe mich aus, lege mich so hin, dass er mich im Spiegel sieht. Er findet das erotischer und geheimnisvoller. Wir ziehen abwechselnd an der Zigarette, und er geht los, ins Zimmer seiner Mutter, findet in dem Chaos tatsächlich Tee und Zucker und lässt es mitgehen. Ich höre sie schreien: »Du Mistkerl, ich bring dich um, dich und deine verdammten Huren!«*

*Offenbar hat er heute keine Lust, mir über seine Mutter und seinen Vater dummes Zeug zu erzählen. Genau die richtige Gelegenheit, um ihm zu sagen, dass ich aus Haus vier geflogen bin und mir meine Mutter, die zurzeit in irgendeinem Ölland alte Leute betreut, deshalb wahrscheinlich kein Geld mehr schicken wird. Dass ihr meine Tanten berichtet haben, wie verdorben ich sei, weshalb auch keine von ihnen mich bei sich aufnehmen will.*

*Aber nein, er hört mir nicht zu. Stattdessen fängt er an, über die Unterschiede im Bewusstsein von Studenten und in dem von den Arbeitern in Kafr ad-Dawwar zu reden. Ich berichte ihm knapp, was vorgefallen ist. Er zerrt an mir herum, verändert meine Haltung, um eine andere Perspektive zu bekommen. Er starrt mein Spiegelbild an – kleine Brüste, schmales, braunes Gesicht, kurzes Haar, die Zöpfe aufgeflochten. Er flüstert mir ins Ohr, dass ich fast wie ein Junge aussehe, vor allem wenn ich rauche, und dass er das liebt.*

*Er stellt seine Fähigkeiten als Mann mehrmals unter Beweis, und als ich ihn kaum noch ertragen kann, sage ich, dass mich die Art, wie er mit mir schläft, nicht glücklich macht. Er meint, dass ich frigide sei, und außerdem hätte er manchmal festgestellt, dass mein Körper, was das Biologische angehe, nicht richtig funktioniere, was ihn aber nicht verwundere, weil ich ja auf den Strich ginge, er kenne sich da aus. Aber das interessiere ihn nicht, weil das einzig Wichtige sei, das Bild zu Ende zu malen.*

»Man hat deinen Bruder verhaftet.«

Ich schoss los, wie eine Ratte im dunklen Tunnel, hin zu Alja. Sie packte ihren Koffer. »Bei deinem Bruder habe ich alle Hoffnung verloren, er hat sich sein Schicksal selbst ausgesucht.«

Ich vergaß ihr zu sagen, dass es eine Frau gibt, Königin Nariman, die nun schwarz gekleidet durch die Gefangenenlager ziehen und nach ihrem Jungen suchen würde.

»Maha ist im Krankenhaus«, erklärte Alja.

Mit einem Blumenstrauß in der Hand marschierten wir durch den langen Gang. Chalid war bereits da. Er hatte Tränen in den Augen, lehnte den Kopf gegen die Wand. Er fing an, mit Alja über die Krankenversicherung und Mahas Mutter zu reden, die unter Rheuma litt. Ein Schwarm von Ärzten tauchte auf; sie scharten sich um einen Mann mit grauem Haar. Mal senkten sie die Stimmen, mal diskutierten sie laut, ganz so, als befänden sie sich in einem Hörsaal und hielten ein Schwätzchen. Puls fühlen, Blutdruck messen, den Glukosetropf kontrollieren, Fragen nach der Anzahl undichter Ventile, den Verband prüfen, das wars. Nicht lange, und der nächste Schwarm flog ein.

»Wenn sie noch länger hier bleibt, stirbt sie«, meinte Alja.

Und wenn sie rauskommt, stirbt sie nicht?, fragte ich mich. Wenn sie den Staub der Jahre abschüttelt und ein ums andere Mal von ganz hoch oben von der Schaukel fällt, wenn sie sich im Spiegel ansieht und feststellt, dass alles vorbei ist und nur noch Phantome geblieben sind … Wie meine Mutter, die auf der alten Veranda sitzt und die herabfallenden Jasminblüten zählt … Wird ihr Herz sich jemals erholen?

»Ich bleibe bei ihr«, erklärte Chalid.

Als er aufgeregt die Hände hob, um den Ernst der Lage

zu unterstreichen, funkelte an einem Finger ein goldener Ring. Da begriff ich, dass von nun an jeder auf sich allein gestellt war und Mahas apathischer Blick nichts anderes als Verzweiflung und die Ahnung vom nahenden Tod bedeutete. Keiner von uns hatte die Kraft, mit dem anderen zusammenzubleiben. Wir gingen, ließen sie zurück. Auf dem Flur trug man stumm und geräuschlos einen Toten vorbei. So also war der Tod, dachte ich, ruhig und ganz nah. Schon nach wenigen Tagen sollte sich Maha auf das Ufer des Erinnerns begeben. Sie war von rührender Sanftheit, schenkte uns Hemden und Blusen, die noch neu und ungetragen waren. »Schau mal, das Babydoll, ist es nicht süß?« Dann wurde sie, die Ruhe des Todes ausstrahlend, hinausgebracht. Den anderen blieb, Abschied zu nehmen.

Alja warf den Koffer in ein rotes Auto. »Gehört meinem Cousin«, sagte sie. »Das Alter ist kein Problem. Wichtig ist, dass man sich versteht und miteinander auskommt. Ich habe mit ihm über die psychischen Defekte gesprochen, die in den rückständigen Ländern die Kommunikation zwischen den Geschlechtern belasten, ich habe ihm erklärt, wie anfällig aus diesem Grund die Institution Ehe ist. Er hat gesagt, dass er das alles verstehen würde und seiner Meinung nach Liebe nicht unbedingt notwendig sei. Ich habe begonnen, eine mehr verstandesmäßige Sicht auf das Leben zu bekommen.« Sprachs, drehte sich auf dem Absatz um und verschwand. Ließ alles zurück, was ihr hier so wichtig gewesen war – Gespräche über Traumdeutung, Zwangsneurosen, ja selbst ihre wissenschaftlichen Aufsätze hatte sie liegen gelassen.

Ein jeder war aufgebrochen, ein jeder nahm seine Richtung. Das Mädchen, das ihr Gesicht so lange unter Schleiern versteckt und ihre Augen vor dem Leid verschlossen hatte, blieb zurück, mit einer tiefen Wunde, die sie zwang, Schleier und Hüllen abzulegen, das Haar zu lösen, es frei und ungebunden auf die Schultern fallen zu lassen und schließlich zu schreiben: »Es ist kein Vergehen, in einem dunklen, tiefen Wald seinen Weg verloren zu haben.« Sie wischte eine Träne ab, zerriss die Blätter mit den Herzen, zerkrümelte die getrocknete Rose, öffnete die Schublade und warf die toten Schmetterlinge hinaus ins Freie.

*Ich habe das Gefühl, ein Zaun zu sein, über den ein wild gewordenes Pferd gesprungen ist. Seine Hufe haben mir einen Stoß versetzt, und ich bin umgefallen.*

*Manchmal bin ich der Zaun, manchmal bin ich das Pferd, und oft kommt es mir vor, als galoppierte ich über das brache Land, das sich meine Seele nennt.*

*Die fette Aufseherin braucht sich nicht länger die Klagen über mein lasterhaftes Benehmen anzuhören, mit denen die ordentlichen Studentinnen bei ihr Schlange gestanden haben. Dabei habe ich mit keiner von ihnen im Dunkeln geschlafen, habe mir nie heimlich ihre nackten Körper im Duschraum angesehen, habe nicht ihre Brüste beglotzt, wenn sie den BH auszogen. Was ich getan habe, ist verwerflicher: Es hat mich nicht interessiert, ob ich die Erlaub-*

*nis habe, irgendwo anders zu übernachten. Es war mir egal, ob ich nach Alkohol und Zigaretten rieche, schließlich bin ich es doch, die darüber entscheidet, was mir schmeckt und was mir nicht schmeckt.*

*»Das Establishment ist das vorrangige Instrument bourgeoiser Unterdrückung«, erklärte er.*

*»Wo soll ich hingehen?«, fragte ich.*

*»Na los, komm«, sagte er.*

*Wir leerten zusammen etliche Flaschen, und er machte eine Menge Zeichnungen von mir. Ich war betrunken, als er mir von van Gogh erzählte, der sich aus Liebe ein Ohr abgeschnitten hat. Ich hätte am liebsten geschrien, als er mich an den Haaren zog, aber dann hätte mich seine Mutter wieder aus dem Haus gejagt, nicht ohne den Nachbarn eine tolle Szene zu bieten. Sie wedelte draußen mit meiner Unterwäsche herum, schrie vor Empörung und schlug sich laut klagend die Wangen. Unter meinem Körper lag eine Flasche, es tat weh. Trotzdem gab ich keinen Laut von mir. Er trat nach mir, einmal und noch einmal, und dann sagte er, dass ich heimlich Berichte für die Staatssicherheit über ihn schreiben würde und ihn wahrscheinlich auch bei der Organisation denunziert hätte. Seine Mutter kam. Ich blutete, und überall tat es mir weh. Aber er behauptete immer noch, dass ich ihn denunziert hätte und eine kleine, erbärmliche Hure sei und mein Vater überhaupt kein Tarbuschmacher gewesen wäre, sondern ein schäbiger Zuhälter. Das war eine der vielen Demütigungen, an die ich mich allmählich gewöhnt hatte. Der Punkt war immer dann erreicht, wenn er ein*

*Gedicht, an dem er eine Ewigkeit geschrieben hatte, schlecht fand und es wegwarf oder wenn er sich in Wut darüber redete, dass er aus der Organisation geflogen war. Aber am häufigsten trat dieser Wutanfall ein, wenn er wieder einmal eine neue Fassung seines Gemäldes, das er »Die Rätselhafte« nannte, zerriss. Er gab meinem Gesicht immer mehr männliche Züge, behauptete, mich neu zu erschaffen und dass das Bild, wenn er sich erst mal erschossen hätte, berühmter als van Goghs Sonnenblumen werden würde.*

Ich schaue in Nadirs Gesicht, er ist mit seinen Gedanken weit, weit weg. Seine verbundenen Hände und die Flecken auf seinem Körper lassen eine Menge beunruhigender Fragen über Macht, Gerechtigkeit und Freiheit aufkommen. Ich laufe ihm hinterher, wir verstecken uns unter Sittis Bett, lauter kleine weiße Kaninchen springen herum. Saad Pascha sitzt im Mondenschein mit der Königin auf der Veranda und legt seinen Kopf in ihren Schoß. Nun ist es der kleine Junge, der das tut. Er ist groß geworden und spricht über die Zelle, den Geruch des Bluts, das an den Wänden klebt, und den Untersuchungsbeamten, der ihn immer wieder verhört.

Er hatte erklärt, dass er Gewalt ablehne und niemals irgendwelche Übergriffe auf marxistische Studenten angezettelt hätte. Der Beamte schlug ihm ins Gesicht. Er habe lediglich eine andere Meinung, wieder ein Schlag – »als wer?«

»Als die Muslimbrüder. Sie warfen mir vor, ein Mitglied zu sein, das Unruhe stiftet und den Gehorsam verweigert.«

Drei Männer nahmen ihn sich vor, und als er zu Boden ging, griffen sie sich den Ordner mit seinen Artikeln und Aufsätzen, öffneten die Klammer und ließen die Blätter auf ihn herabfallen. Der Untersuchungsbeamte griff sich ein Blatt und begann mit lauter Stimme vorzulesen: »Bringt nicht das Festhalten an überkommenen Normen, und zwar in einer Welt, in der die schnelle Veränderung charakteristisch für alle Strukturen ist, zwangsläufig eine rückwärts gewandte und rückständige Bewegung hervor?«

Die drei stießen ihn mit den Füßen vor sich her. »In welcher Eigenschaft hast du das geschrieben?« Die Frage kannte er, die hatten ihm schon seine Kameraden gestellt: »In welcher Eigenschaft widersetzt du dich und diskutierst die Politik des Obersten Kommandos? Du tust dich mit diesem hohlen Geschwafel hervor, weil du selbst gern zur Führung gehören würdest.«

Er schwankte zwischen den dreien hin und her, dann sank er nieder.

Er habe ihnen gesagt, dass die islamische Bewegung weder dem Klerus unterstehe noch von sonst jemand Befehle zu empfangen habe, sie gehöre allen ihren Söhnen. Er sei ein Schwätzer, entgegneten sie, und dass die Organisation sich einzig und allein auf blinden Gehorsam und nicht auf Diskutieren gründe.

In welcher Eigenschaft er diese Richtlinien ausgearbeitet habe und ob er zur Führung der Organisation gehöre, wollte der Beamte wissen.

Er sagte, dass die Organisation patriarchalisch aufgebaut sei – Vater, Scheich, Lehrer. »Ich habe ihnen erklärt, dass die gegenwärtige Struktur nur etwas für Blinde sei, weil die blindlings folgen. Wer aber gesunden Menschenverstand besitze, dem würde man mit Misstrauen begegnen und ihn als krank oder geschwätzig abtun. Entweder unterwerfen sich die Mitglieder dem blinden Gehorsam, oder sie werden ausgeschlossen. Ich sei ein Unruhestifter, haben sie gesagt.«

Die drei Männer traten ihn in den Brustkorb, er habe noch immer Schmerzen. Und der Beamte, der das Verhör führte, stand über ihm und brüllte: »Wer – ›sie‹? An wen war deine Kritik gerichtet? Hast du etwa doch zur Führung gehört?« Er warf ihm Papier und einen Stift hin.

Er wischt das Blut an den Wänden ab und jagt mit mir übers Feld, wo die Kaninchen sich tummeln. Er trägt die Uniform von Saad Pascha, auf den Schultern funkeln Sterne. »Schau, Nada, wie ein Offizier von der Luftwaffe.« Wir laufen und laufen, und Saad Pascha schließt die Tür und sagt: »Bleib bei mir, Königin, ich werde jetzt sterben.«

Er nahm Papier und Stift und schrieb: »Zweifelsohne muss die Organisation die geheimbündlerische Mentalität aufgeben, denn wenn das nicht geschieht, wird es zur Spaltung kommen und damit zu zwei unabhängig voneinander operierenden Gruppierungen. Der geheime Charakter der Organisation, die für selbstmörderische Gewaltakte die Verantwortung übernimmt, führt zwangsläufig zu schweren Differenzen in den Reihen ihrer Mitglieder als auch zu barbarischen Aktionen, wie man sie von

Schlägerkolonnen kennt. Mit unserer islamischen Mission hat das nicht das Geringste zu tun, denn sie beruht auf zivilisierten Grundsätzen.

Zweifelsohne muss das Geheimbündlerische abgeschafft werden, denn der geheime Charakter verhindert eine Atmosphäre, in der sich leistungsstarke Persönlichkeiten entwickeln können. So aber wird ein Klima gefördert, in dem die Willkür gedeiht. Was nichts anderes heißt, als dass die islamische Organisation zum Spiegelbild der korrupten Regierung wird, gegen die sie eigentlich angetreten war, und dass jeder Versuch, Korruption und Willkür entgegenzuwirken, zum Scheitern verurteilt ist.«

Kaum hatte er Papier und Stift beiseite geschoben, sackte er erneut unter einer Flut von Schlägen zusammen. »Namen sollst du schreiben, du Hundesohn, und keine Reden und Predigten! Für wen hältst du dich? Etwa für seine Heiligkeit Hassan al-Banna?«

Er stürzte, griff nach Papier und Stift und schrieb alle Namen auf, die sein Gedächtnis hergab.

Er schreit, als er verbunden im Bett liegt, brüllt vor Schmerzen, glaubt sich von Schreckensgestalten umstellt, die ihn foltern.

*Die Wunden auf dem Rücken sind noch immer nicht verheilt. Er hatte zugeschlagen und »Hure!« geschrien. Ich erzähle Alja davon, und sie sagt: »Wichtig ist nicht, was er über dich sagt, sondern das, was du selbst von dir hältst.« Wir reden über den Bruch in den kulturellen Wertvorstellungen, psychologische Reife und die widersprüchliche*

*Haltung von Intellektuellen gegenüber Frauen. Wann immer ich darüber spreche, dass ich mich verletzt und gedemütigt fühle, sagt sie: »Du wolltest dich unbedingt zur Wehr setzen, also musst du auch die Folgen tragen.«*

*In der Scheich-Ali-Bar reden sie noch immer über Fortschritt und den Zerfall klassenspezifischer Werte. Wir rauchen gierig, beschreiben viel Papier, das später gewöhnlich wieder zerrissen wird. Maha erscheint mir im Traum, sie zählt die Tage, die ihr noch bleiben. Sie spricht über die undichten Ventile und all die anderen Dinge, an denen es mangelt. Sie schenkt mir ein Hemd, und ich sage, dass er meinen Körper als männlich empfindet und ich überall verletzt bin. Doch da ist sie schon wie ein Geist verschwunden, aber ich weiß, dass sie mich noch in vielen Nächten besuchen wird. Sie ist zu einem Schatten geworden, der uns, wo immer wir sind, verfolgt.*

*Bei allen Nachbarn ist mein Körper bis in die letzten Einzelheiten bekannt. Er nimmt mich, schickt mich weg, dann vergehen ein paar Tage, schließlich kommt er wieder an, weil er angeblich das Bild zu Ende malen will. Er entscheidet, für welche Seite ich spioniere, und nach einigen Ohrfeigen und Fußtritten gehe ich zu Boden. Seine Mutter schreit los, und ich renne zu den Nachbarn und suche bei ihnen Schutz.*

Ich habe wieder zu schreiben begonnen, Texte, die ich Geschichten nenne oder Erinnerungen. Es gibt keinen Französischlehrer mehr, der mich lobt, und keinen Nadir, der das Geschriebene korrigiert. Ich schreibe, weil ich mich mit irgendetwas beschäftigen will, wenn ich auf der Veranda neben der Frau sitze, die man einst Königin Nariman nannte. Nun ist sie verlassen und verwelkt, und ich teile mit ihr das Schweigen und die Leere. Auf meiner Hand liegt der Staub von Kreide, die Risse in den Wänden im Haus meines Vaters werden immer mehr. Ich bin allein, und um mich vom Gefühl der Einsamkeit abzulenken, versenke ich mich ins Grübeln über das Schweigen und die Buchstaben, die ich schreiben will.

1

Der Junge, der mit mir die Schmetterlinge gefangen hat, ist weggeflogen. Er müsse fort, sagte er, weil seine Hand zittert und er das Skalpell nicht mehr sicher führen kann. Meine Mutter weint nicht, weil der kleine Junge nicht mehr zu Hause ist, aber ihre Tränen fließen, als sie mit mir die Kiste schließt, in der ein Sammelsurium von Sachen liegt – Bücher über Anatomie, Pathologie, klinische Praktika, alte Fotos, auf denen die Absolventen der Medizinischen Fakultät der Fuad-I.-Universität, Jahrgang 1943, zu sehen sind, ein Pokal der Militärkrankenhäuser als Auszeichnung für den Einsatz im Zermürbungskrieg, eine Anerkennungsurkunde der Ärztegewerkschaft und schließlich ein kleines Gedicht, in dem ihm ein Vater für die Rettung seiner einzigen Tochter dankt.

»Gott gab Ihnen die Kraft zum Heilen,
Sie, Retter, der Armen und Kleinen.«

2

Das Mädchen, das auf der Treppe neben den zwei Kampferbäumen spielte, ist groß geworden. Die Zöpfe trägt sie aufgelöst, und auf die Schaukel, die für das Mädchen zwischen den Bäumen aufgehängt wurde, steigt sie nicht mehr. Sie klettert nicht auf den Bäumen herum, fängt mit niemandem Streit an. Sie sitzt auf der Veranda neben ihrer Mutter, die keiner mehr Königin Nariman nennt. Denn sie trägt ihr Haar nicht mehr offen, sie parfümiert sich nicht mehr und trifft sich nicht mehr mit den Freundinnen zum Sticken. Die Mutter des Mädchens ist traurig und alt geworden, und vielleicht geht sie deshalb freundlich mit dem Mädchen um, weil der, um dessen Liebe beide gerungen haben, gestorben ist. Die Tür des Grabmals ist zugeschlagen, nun sucht er sie nur noch in den Träumen heim.

3

Die Hunde schlagen an. Ist jemand vorbeigegangen? Hält der Tod nach jemandem Ausschau? Nur noch für ihn öffnet sich die Tür unseres Hauses, und Tücher und Essenzen hält man bereit. Schlaf ruhig in meinen Armen, Königin, brich jetzt noch nicht auf. Dieses Mal werden wir ihn mit einer anderen Frau von einer anderen Veranda beschenken, die im glitzernden Kleid vor dem Schrankspiegel tanzte und sang:

»Mein Herz ist eine Stadt,
der Schlüssel ging verloren.
Nur Kummer und Leid
und nirgendwo Freud.«

# III

# Das Halsband der Taube

*Kein Zustand in der Welt ist dem von zwei Liebenden vergleichbar, wenn sie ohne Späher und sicher vor Verleumdern sind, wenn sie vor Trennung geschützt und dem Meiden abhold sind, wenn sie fern von Überdrüssigkeit und von Tadlern verschont sind, wenn sie im Charakter harmonieren und in der Liebe zueinander passen, wenn Gott ihnen reichen Unterhalt, ein stetiges Leben und ruhige Zeitläufte bereitet, wenn ihre Gemeinschaft von einer Gott wohlgefälligen Art ist und ihre Freundschaft so lange währt und ohne Unterbrechung dauert, bis der Tod kommt, den niemand abweisen und dem niemand entrinnen kann.*

*(Ibn Hazm, »Das Halsband der Taube«)*

Er wird die Wagentür öffnen und sagen:
»Steig aus!«
In finsterer Straße.
Und deine Freundinnen stehen am Fenster
und lächeln.
Ertappt auf frischer Tat.
»Steig aus!
Nie wieder will ich dein Gesicht sehen.«

Das Zimmer ist dunkel, du bist nackt. Du hockst auf dem Boden, gelehnt an die Wand, birgst den Kopf in den Händen, die Hände zwischen den Schenkeln, krümmst dich zusammen, und das Schluchzen geht über in unterdrücktes Schreien, und du presst das Tuch vor den Mund und schlägst die Zähne hinein. Ist der Anfall vorbei, wirst du entdecken, dass es schmutzig war, und hat dein Körper alle Bitterkeit vergossen, wirst du dich zwingen durchzuhalten. Hier wird es sein, wo du stirbst, in dieser Nacht, da du geboren wurdest. Er weiß es, denn du hast es ihm noch einmal gesagt, wie schon das Jahr zuvor, als du in melodramatischem Stil, den du aus all den Romanen über Rebellion kanntest, gefragt hast: »Würdest du mit mir meinen Geburtstag feiern?« Da warst du noch überzeugt, dass du endlich die Rolle gefunden hast, die zu dir passt, dass du weder feige noch blind, noch am Stamm einer Palme festgebunden bist. Du hast dich als ein vernunftbegabtes und mündiges Wesen verstanden, dessen Recht es ist, selbst seine Wahl zu treffen. Vielleicht hast du dich auch von dem Gedanken hinreißen lassen, dass man das, was man will, aber nicht tut, im Augenblick des Todes bereuen wird. Du warst entschlossen, die dir gegebenen Fähigkeiten endlich auszuleben und mehr zu wagen, als du bisher je gewagt hattest. Viel zu lange hattest du die Berührung einer Hand, so wunderbar sie auch sein mochte, mystifiziert, endlich hattest du aus den dunklen Tunneln deiner Seele, in denen du dich so oft verirrt hast, herausgefunden und warst auf dem Weg zu dem Gewirr der Linien seiner Hand, dorthin, wo du vermutetest, sein wahres Ich zu entdecken, das er, wie du meintest, aus Angst vor Verleumdungen und boshaften Gerüchten hinter der Maske von Skeptizismus und Aggressivität versteckt hielt. Dort, in den Zeichen jener Linien, glaubtest du die Landschaft zu erkennen, in der deine Seele umhergeirrt war, abgesteckt von einem Grab, Bildern in Rahmen und den Geschichten von jüngst Verstorbenen, aus denen Legenden entstanden, die dir sagen sollten, woher du kommst, wohin du gehst, was sich gehört und was sich nicht gehört. Der Jasmin, den du ans Fenster gehängt hast, erinnerte dich daran, dass das Leben nur aus einer einzigen Nacht besteht, und die zwei Vögel, die an die Scheibe klopften, der Mondenschein, der bis zu deinem Bett drang, all das hat dir die Gewissheit gegeben, dass du dich auf den Weg machen und in den Irrgarten wagen musst. Dass du deine Hand ausstrecken und sein Gelenk umfassen musst, dass du deinen Zeigefinger auf die Stelle legen musst, wo sich der Pulsschlag verbirgt, dass du ihn lehren musst, was Liebe ist.

Ein Jahr später wird er seine Hand wegziehen und sagen, dass es sich nicht schickt, Hand in Hand im Kino zu sitzen. Du wirst dir einreden, dass seine Zunge vieles sagt, was du nicht unbedingt glauben musst. Du wirst in seiner Handfläche weiter nach den drei Linien suchen, um deinen Traum zu finden, der zwischen seinen Fingern glüht. Vor einem Jahr hat alles begonnen, als sich die Nacht jährte, da Königin Nariman einen schmutzigen Lappen in den Mund gestopft bekam, damit deine Großmutter dich blauen, ungeduldigen Winzling in Empfang nehmen konnte; du hast es von Anfang an mit dem Leben eilig gehabt. Nach nur sieben Monaten hattest du beschlossen, in einer Nacht, die genauso finster wie die heutige war, hinauszuschlüpfen, hast dich nackt und bloß dem Gespött der Leute ausgesetzt, was du noch immer tust.

Ach, Vater, du sagst, dass die Geschichte immer mit einem Vogel anfängt. Er pocht ans Fenster, pickt in dein Spiegelbild, fliegt fort, kommt zurück, und dann beginnt das Spiel wieder von vorn. Du freust dich, wenn du deine Mutter, die jetzt allein dasitzt und alte Briefe sortiert, befragst und sie dir von Taft und Organza erzählt und der Narbe, obwohl du doch genau weißt, dass sie von dem Stein stammt, den er ihr an den Kopf warf, genau auf die Stelle, wo sie das Haar scheitelt. Du kuschelst dich in der Nacht zusammen und lächelst …

»Würdest du mit mir meinen Geburtstag feiern?«

Du hattest den Mut, ihn einzuladen, hast dich darauf vorbereitet, diesen einen Satz über die Lippen zu bringen. Erst danach hast du dich für diese Einladung vor dir selbst gerechtfertigt, weil du allein bist, weil du aufgeregt bist, weil er dein Freund ist. Doch sowohl bei dieser Frage als auch bei allen Geschichten, die du dir ausgedacht hast, um sie ihm zu erzählen, hat dich eine viel wichtigere Frage beschäftigt, die nämlich, ob er jemandem verpflichtet sei und sich schon verabredet hätte. Du warst bereit, jede Entschuldigung zu akzeptieren, und noch bevor er dir beteuerte, wie nett und freundlich und anständig du seist und dass du genauso wärst wie seine Schwestern, da hattest du schon den Rückzug angetreten und dich auf die Entschuldigung vorbereitet, dass es ein ungünstiger Zeitpunkt oder er nicht der Richtige sei, Schicksal eben. Aber er hat gerade nur so viel wie unbedingt notwendig gesagt, damit du das Gefühl behältst, dass du souverän und unkompliziert bist, fähig zu lieben und das Leben zu meistern.

Halt dich an Ibn Hazm, der dir die ersten Zeilen geschenkt hat, die in deinem Notizbuch stehen: »Der Liebe Anfang, Gott schenke dir Ruhm, ist Scherz, ihr Ende aber ist Ernst. Ihre Erscheinungen sind ob ihrer Erhabenheit zu zart, um beschrieben werden zu können, und so ist ihr tiefstes Wesen nur durch eigenes Erleben zu begreifen.«

Du presst deine Hände auf den nackten Leib, deine Wange berührt den kalten Boden, und alles, was du an Leid in dich aufgenommen hast, bricht aus dir heraus.

Du streckst die Hand aus, ängstlich wie damals, als du den Hals deines Vaters umschlungen hast, weil dich die Furcht gefangen hielt, er könne dich allein lassen. Klamm sind die Finger, die einst unter dem Pult bei deinen Freundinnen Wärme suchten oder sich in Handschuhen verbargen, weil du dich scheutest, andere Hände zu berühren oder selbst berührt zu werden. Im Gewirr der Linien seiner Hand suchst du deinen Namen. Du fragst, und seine Hand antwortet dir, umfasst die deine, drückt sie, und dein Herz wird von all seinen Ängsten befreit, und all die Buchstaben, ob nun gesprochen, geschrieben oder eingestanzt, fallen aus der Erinnerung heraus. Du lächelst dümmlich, versuchst nicht, irgendeine Entschuldigung zu finden, um deine Kühnheit zu rechtfertigen. Jeder Morgen würde mit seiner Stimme beginnen, und aufgeregt würdest du dich fragen, wie du es schaffen sollst, dir deine Müdigkeit nicht anmerken zu lassen. Wie kannst du deine Mutter überlisten, damit du dir stehlen kannst, was das Leben dir schuldet? Das Picken des Vogels am Fenster spielt mit deiner Schläfrigkeit: Wach auf, gleich wirst du seine Stimme hören. Lange Schlaflosigkeit, kurze Schläfrigkeit, und du räkelst dich und setzt dich auf die Kante des Betts, betrachtest im Spiegel dein Gesicht, öffnest den Ausschnitt, streichelst deinen Hals, streckst die Hand aus, fährst die Furche zwischen den Brüsten entlang, gähnst, bis das Telefon läutet. Wie eine Maus huschst du los, besessen wie ein Kind, das gerade das Laufen gelernt hat. Du stammelst ein paar unverständliche Wörter, vergisst alles, was längst besprochen war.

»Schläfst du noch?«

»J-j-ja …«, stotterst du. Ach, du Dummkopf, sag ihm doch, dass du überhaupt nicht geschlafen hast.

»Deine Stimme ist schön.«

Du lachst.

»Wenn du lachst, ist sie noch schöner.«

Dein Herz schlägt heftiger. Gerade noch warst du erwachsen, als du dich im Spiegel betrachtet, die Fältchen unter den Augen entdeckt und dir zwischen die Brüste ein Stück Eis gelegt hast. Jetzt bist du ein kleines Kind, das in seiner Stummheit ertrinkt. Schlag dir auf die Wange, sage dir, dass er mit dir flirtet. Er flirtet mit dir, also los, sag etwas!

Du umklammerst den Hörer, hockst dich auf den Boden vor das Bett und fängst an, Unsinn zu erzählen. »Hörst du die Hähne krähen?« Du lachst. »Die gehören meiner Mutter, sie krähen immer unter meinem Fenster.« Zwischen jedem halben Satz lässt du ein kurzes, gesittetes Lachen hören. »Es stört mich nicht. Nachts sind sie in ihrem Käfig bei den Tamariskenbäumen, die zwischen unserem Haus und dem von meinem Onkel stehen ... Zuerst ging mir das Krähen auf die Nerven, aber dann habe ich mich daran gewöhnt ... In den Tamariskenbäumen leben seltsame Vögel, sie schreien furchtbar grell. Aber es gibt zwei Vögel, die morgens immer an mein Fenster picken ... Fand ich zuerst schrecklich.«

»Vielleicht sind sie ineinander verliebt«, unterbricht er dich.

Genier dich ruhig, immer noch besser, als verwirrt zu sein und das Gefühl zu haben, dass ganze Lebensjahre verschwinden und du immer kindischer wirst. Du versuchst, einen Haken zu schlagen, um das Gespräch in eine andere Richtung zu lenken. »Auf dem Telefonmast hat sich ein Regenpfeifer sein Nest gebaut. Voriges Jahr wurden die Drähte erneuert, und da ist das Nest heruntergefallen. Aber er kam zurück und hat das Nest genau an der gleichen Stelle wieder aufgebaut.«

Er seufzt. Du kannst hören, wie er sich im Bett umdreht. Vielleicht vergräbt er das Gesicht genauso wie du ins Kissen. Würde deine Mutter jetzt die Tür öffnen und sehen, wie rot du bist, wüsste sie, dass du mit deinem Liebsten sprichst. Um dich nicht in Verlegenheit zu bringen, würde sie sie ganz schnell wieder schließen. Trotzdem würdest du in Verlegenheit geraten, denn die Art, wie er gähnt, sagt dir, dass er, statt zu telefonieren, dich jetzt lieber im Arm halten würde und dich am liebsten unter der Bettdecke hätte, unter der er gerade sein Gähnen versteckt hat. Du schweigst, und dieses Schweigen ist für ein Weilchen das Einzige, was euch verbindet. Plötzlich merkst du, dass deine Finger über die Narbe unter der Lippe streichen, vom Hals hinuntergleiten bis zur Brust. Du packst die Kragenenden, knöpfst das Nachthemd zu und holst Luft. »Hörst du die Hunde bellen? ... Es sind genau sechs – Carlos, Begin, Meir, Zena, Dukduk und Diana ... Begin ist der älteste, er sieht jemandem ähnlich, den ich kenne. Seine Augen kommen mir irgendwie vertraut vor ... Carlos und Zena haben schwarzes Fell, und wenn Zena Kinder kriegt, ich meine Jungens, sterben die immer, vielleicht beißt sie sie tot. Letztes Mal haben wir gesehen, wie sie so 'n kleinen Kopf im Maul herumgeschleppt hat, und als sie ihn an einem Baum hinlegte, hat sie geweint. Der Körper war weg, wahrscheinlich aufgefressen. Meine Mutter sagt, das ist unmöglich. Zena ist einfach eine schlechte Mutter, sie passt auf die Jungen nicht auf, und da werden sie von den Ratten und Wieseln gefressen ... Diana hat ganz weißes Fell, wir haben ihr ein rotes Halsband umgemacht. Sie ist klein und dick. Dukduk ist fast dunkelbraun, er sieht wie ein Bär aus.«

Deine Mutter kommt herein, mit ihrem Gebetsteppich unterm Arm. Er schickt dir einen Luftkuss und sagt: »Wir reden am Abend weiter.«

Du kriechst ins Bett, ziehst die Decke über den Kopf und wartest, dass es Abend wird.

Jetzt bist du frei von allem, keine Handschuhe, keine Tücher und keine Mutter, die dich verlegen macht. Du hältst deinen Freundinnen die Hände hin, damit sie in den Linien sehen, ob es bis zum Abend noch lange dauert. Du wartest und wartest, und um dir die Zeit zu vertreiben, blätterst du in dem Buch von Ibn Hazm. *Das Halsband der Taube* war dein erstes Buch, das von der Liebe handelt. Du hast dir Ibn Hazm als einen Jüngling mit Turban vorgestellt, der in prächtigen Räumen, in denen Berge von Kissen aufgehäuft sind, hübsche Sklavinnen küsst und bei Spaziergängen dichtet: »Der Liebe Anfang, Gott schenke dir Ruhm, ist Scherz, ihr Ende aber ist Ernst.« Du zeichnest einen Pfeil und schreibst dahinter Stichwörter wie: Aufstand und gesellschaftliche Unterdrückung, Aufstand und kulturelle Identitätskrise, die Doppelzüngigkeit des Intellektuellen und seine Rolle beim Durchsetzen überholter Werte. Jedes Stichwort wird dick unterstrichen, und du tust es mit der Sorgfalt, die einer Doktorarbeit würdig ist. Du könntest auf dem Balkon Olga entdecken, die, wenn sie genauso wichtige Dinge schreibt wie du, unaufhörlich raucht. Bei jedem Absatz hält sie inne und zieht an der Zigarette. Sie sieht dich mit glänzenden Augen an und sagt: »Wie kannst du nur glauben, dass ein Mann es ein Jahr lang aushält, nicht mit einer Frau zu schlafen? Ihr seid unglaublich konservativ, wenn es darum geht, offen über eure Beziehungen zu reden, obwohl ihr es ansonsten, im privaten Leben, gar nicht seid.«

Bevor sie die Kippe wegwirft, wiederholt sie die Frage noch einmal, als wollte sie dir beweisen, dass sie in korrektem Hocharabisch genau das ausdrücken kann, was sie sagen will. »Wie kann sich ein erwachsener Mann mit einer Frau abgeben, die am Telefon von den Katzen und Hunden auf der Straße erzählt?« Mit einer Bewegung wischst du alle Papiere vom Tisch, fühlst dich nicht mehr in der Lage, den Stift auf neue Irrwege zu schicken, zu vergessen, dass du aus Fleisch und Blut bist. Du steigerst dich in den Gedanken hinein, ihm vorzuhalten, dass er dich betrügt, dass er viele Frauen im Bett hat, dass du nicht bereit bist, eine von vielen zu werden. Aber das kannst du nicht, du bist in Seide und Spitze geschnürt, gefesselt. Da kannst du noch so geschickt die Knöpfe der Bluse öffnen, noch so weit die Hand ausstrecken, noch so sehr die Linien seiner Hand lieben, noch so sehr davon überzeugt sein, dass das Gewirr dieser Linien dir die wahre und ihm selbst unbekannte Natur seiner Seele offenbart, dass das Gewirr der Linien ehrlicher Auskunft gibt über ihn als der stechende Blick, der dich trifft, wenn du vor ihm stehst, ehrlicher auch als seine Zunge, die dir nur ein paar Brocken zuwirft.

Ihr sitzt nebeneinander, die Frau auf der Leinwand umarmt ihren Geliebten. Streck deine Hand aus, nimm seine Hand. Sie allein kennt dich, und ihr vertraust du. Er schiebt deine Hand weg. »Jetzt nicht!« Eine kurze Berührung, und deine Hand liegt wieder, wo sie war, aber noch erspart er dir den Satz »Ich will dich nie wieder sehen«, der kommt erst, als der Vorhang fällt, und er trifft dich genauso überraschend wie der Kuss auf die Stirn an deinem Geburtstag, den ihr gefeiert habt, weil es genau ein Jahr her war, dass du zum ersten Mal eine Liebeserklärung über die Lippen gebracht hattest. »Ich glaube, ich hab mich in dich verliebt.«

Die Rosen, die du ihm schenken wolltest, sobald die Kerze erloschen ist, lagen zerdrückt auf dem Boden. Du hast die Zeichnung mit den zwei Buchstaben hervorgeholt, die für den Goldschmied bestimmt war. Du hast ihm erklärt, wie du sie ineinander verschlungen hast, damit sie zu einem Buchstaben werden. Der Entwurf zeigt, dass du dich aufs Zeichnen verstehst. Die Wörter »Ich liebe dich« sind in der Form eines großen Herzens geschrieben, und mittendrin prangen die zwei Buchstaben, die so miteinander verschlungen sind, dass sie wie eine Rose aussehen und sich ineinander fügen wie der Tod und das Leben. Du hättest deine Finger vielleicht mit seinen Fingern verhakt, bevor du die Kerze löschst und er dich auf den Mund küsst, und du hättest dich nicht gefürchtet oder geschämt oder Dinge erfunden, über die du dich ärgern kannst, um auf diese Weise seinem Atem zu entkommen oder den Kopf wegzudrehen, weil du dich wegen deines Munds genierst, der von Nähten zernarbt und mit Metallplättchen gepflastert ist, dieser Mund, der nun bereit ist, alle Wunden zu vergessen und sich mit einem anderen Paar Lippen zu vereinen. Aber er hat dich nicht geküsst, und du bist nicht wütend geworden. Du hast die Lippen fest zusammengepresst, wie du es als Kind gemacht hast, und in deinen Augen standen Tränen, die er nicht sah. Du hast die Große, Starke gespielt. Nun sitzt du, gedemütigter als je zuvor, über einem Blatt Papier und denkst über deine Niederlagen nach, doch was du da kritzelst, sind keine Geschichten oder Gedichte. Es sind die Schrammen deines Gesichts, die von einem alten Unfall stammen.

4

Der Junge, den ich liebe, hat mir eine Kette in den Farben der Wolken geschenkt, bevor er wegging. Ich messe an den Perlen die Zeit seiner Abwesenheit, ich gebe den Tagen eine Farbe. Ein Tag bekommt die Farbe des Monds, einer die der Sonne, einer die meines Bluts, das meine Gebärmutter zur rechten Zeit vergießt.

Jedes Ding hat seine Zeit, und als er zurückkehrte und mein Gesicht sah, sagte er: »Es ist ja voller Narben.« Der Junge, den ich liebte, blickte aus traurigen Augen, und das eine Lid trug eine alte Wunde. Wenn er weinte, bedeckte er das Gesicht mit den Händen, und schaute er auf, war sein Blick starr. Als er mir heute begegnete, stand in seinen Augen blanke Ahnungslosigkeit. Er sagte, dass alle Frauen, die er kenne, Parfüm lieben und wie Engel schweben. Ich fände Engel blöde, erklärte ich, aber in Wirklichkeit versuchte ich, mich wie ein Engel zu bewegen. Doch nachdem ich das Parfüm, das er mir schenkte, bis auf den letzten Tropfen weggegossen hatte, entdeckte ich, dass ich weder eine Rose noch ein Schmetterling, noch ein Engel und schon gar nicht ein Findelkind bin, das um Liebe betteln muss. Ich bin ein Wüstenkaktus, der sich mit genügend Bitterkeit gerüstet hat, um vom gefräßigen Vieh nicht vertilgt zu werden. Das Bild des Jungen, den ich liebte, habe ich meiner Mutter gezeigt und ihr mit nüchternem Verstand erzählt, dass ich ihn liebe, er aber, als ich ihm meine Liebe gestand, mit Steinen nach mir warf. Und meine Mutter, ansonsten froh über jede meiner Niederlagen, begann mit mir das Kissen zu teilen, das nun meine und ihre Tränen netzen.

5

Männer sind dumm. Sie schauen mein Gesicht an und sagen: »Wie ein Engel.« Die Dummköpfe werfen mir verliebte Blicke zu und sehen nicht meinen Mund, der mit Nähten übersät ist. Du warst der Einzige, der mich genauer angesehen hat, für den ich weder ein Engel noch eine miauende Katze war. Hättest du mich mit den Augen meiner Mutter gesehen, hättest du mich vielleicht eine »Ausgeburt des Teufels« geschimpft. Mit den Augen meines Vaters könntest du mich nicht mehr sehen, denn öffnete ich dir das Grab, fändest du nur noch leere, glanzlose Augenhöhlen. Aber grübest du ein wenig tiefer im Sand, entdecktest du mein Herz.

6

Die Freundin, die man am Pfosten des Betts festband, hieß Nuha. Sie war sehr schön. Nachts, wenn alle schliefen, schlich sie sich heimlich zu mir. Manchmal verkaufte sie mir Kleider für meine Puppe, und wenn wir Häuser bauten, wollte sie immer die Braut sein. Ich freute mich, sie zu schmücken und bei der Hochzeit zu trillern. Ich spielte nie den Bräutigam, nie die Mutter, nie den Vater, ich war es zufrieden, ihr zu dienen. Dann gab es eine Freundin, deren Mutter sie immer wieder mit dem Bügeleisen am Bein verbrannte, an ihren Namen erinnere ich mich nicht mehr. Sie hat dann geweint, und wenn sie den Rock hob, konnte ich die Narben sehen. Später redete sie mit mir nur noch durch die Löcher in der Tür. Ihr Vater habe ihr verboten hinauszugehen, sagte sie, und ihre Mutter würde sie verprügeln, zeigte sie jemals wieder irgendeinem Menschen ihre Schenkel.

Die Freundin, die gestorben ist, hieß Maha. Sie war sehr sanft, und ich liebte sie sehr. Sie las mir aus der Hand und sagte, dass der erste Buchstabe seines Namens ein A sein würde. Von da an habe ich alle Namen gesammelt, die mit dem prophezeiten A begannen. Aber ich habe mich nicht getraut, laut zu sagen, dass ich, wenn meine Mutter sterben würde, niemand anders als meinen Vater heiraten möchte. Aber meine Mutter ist nicht gestorben; wer gestorben ist, ist mein Vater und Maha. Dann war da noch die Freundin, die ich gehasst habe. Sie hat sich mit mir das Kopfkissen geteilt, wir gingen Hand in Hand zum Hörsaal hinüber, ich habe für sie die Bücher bestellt, die Vorlesungen mitgeschrieben und ihr erzählt, wie sehr ich ihn liebe und mir wünsche, mein Leben an seiner Seite zu verbringen. Ich habe nicht auf ihre verächtlichen Blicke geachtet, mit denen sie mich getötet hat. Als ich sah, wie sich ihre und seine Hände im Hörsaal unter der Holzbank ineinander verschlangen, habe ich nicht geweint. Aber als ich ihr meine Bluse borgte, für das Rendezvous mit ihm, und er dann später zu mir sagte, dass sie toll aussehe und von allen meinen Freundinnen die Hübscheste sei und wie geschickt und elegant sie die Knöpfe der Bluse, die bei mir immer wie ein Armeehemd aussehen würde, zu öffnen verstehe und dass ich genau wie seine Schwestern sei – da habe ich geweint. Sie hat nichts gesagt, sie hat sich nur meinen BH ausgeliehen.

7

Ich mag nicht Braut und Bräutigam spielen, ich mag es nicht, im Tor zu stehen. Drei Mal habe ich mir den Arm gebrochen, als sie den Ball aufs Tor geschossen haben, und als ich hingefallen bin, haben sie dem Ball zugejubelt. Ich habe jetzt Angst, auf Bäume zu klettern, obwohl ich dabei nie zu Tode gekommen bin. Ich mag nicht Hopse spielen, weil meine Mutter sagt, dass ich keine schönen Beine habe und meine Zehen zu lang seien, wie die von meinem Großvater. Ich mag nicht Blindekuh spielen, weil dann die Jungen, wenn ich mir die Augen zuhalte, hinterm Taubenturm und in den engen Durchgängen zwischen den Häusern meine Freundinnen küssen, während sie mich von einer Wand zur anderen umhertappen lassen und ich nicht weiß, wie ich wo jemanden finden soll. Ich mag Fangen spielen. Ich rufe: »Auf die Plätze, fertig, los!«, und alle rennen mir hinterher, aber keiner schafft es, mich zu fangen. Mal bin ich hier, mal dort, und sie stellen sich schon vor, wie sie mich kriegen, aber da komme ich, strecke ihnen die Zunge heraus und sage: »Ich bin der Mond, ihr kriegt mich nie.« Wenn ich vor Einsamkeit weine und zu dem, in dessen Augen mein Geheimnis glänzt, sage: »Komm näher«, erwidert er: »Du weißt doch nicht, was Liebe ist.«

8

Mein Vater hat mich auf den Mund geküsst und mir eine Rose geschenkt. Deshalb habe ich mir von niemand anderem mehr eine Rose schenken lassen, nicht vom Klassenlehrer, nicht vom Assistenten im Institut, der mir eine Rose ins Buch gemalt hat, als er mir im Seminar Subjekt, Prädikat und aktives Partizip erklärte. Ich fand sie alle schrecklich jung, und keins der Gesichter besaß das Strahlen seines Gesichts. Ich schaute oft zum Mond hinauf und sagte, dass ich hinter ihm das Gesicht von dem erkennen kann, den ich liebe und der nie wieder in einem anderen Schoß als meinem schlafen wird. Als mein Vater gestorben war, hat meine Mutter im Garten alle Blumen abgeschnitten und sein Bild damit umkränzt. Sie legte ihren Kopf auf meine Schenkel und murmelte: »Sprich für ihn eine Sure aus dem Koran.« Nachdem ich in den Schoß der Familie zurückgefunden hatte, hat sie mir die Fingernägel gestutzt, die Zöpfe abgeschnitten und mich in den Rahmen des Bilds meines Vaters gesperrt. Wann immer ich mir unfähig und machtlos vorkam, befühlte ich die Narben in meinem Gesicht und sagte zu dem schlanken Jungen, der sein braunes Mädchen liebt: »Ich liebe dich.« – »Ach«, erwiderte er bedauernd, »du bist zwar schön, aber viel zu schamhaft.« Es mache ihn verwirrt, und er habe Angst, dass ich, sobald er meine Hand berühre, mich in einen Tropfen Quecksilber verwandle. Dann wandte er sich ab und flocht das Haar seines braunen Mädchens zu kleinen Zöpfen. Er tat es sehr sorgfältig, schaute mich nicht mehr an. Als ich dann dem begegnete, in dessen Augen mein Geheimnis glänzt, sagte ich: »Ich will dich nicht verlieren«, und dann löste ich mein Haar auf, ließ mir die Fingernägel wachsen, malte sie an und sagte: »Komm zu mir«, doch er erwiderte: »Du bist frivol und lächerlich.«

9

Meine Mutter hat mir oft davon erzählt, wie ihr Vater immer darauf achtete, dass die Fenster geschlossen waren, und wurde im Radio ein Liebeslied gespielt, stellte er es ab. Sie hat mir gesagt, dass ich, wenn ich vor dem Leben zurückscheue, »nett und gut erzogen« sei. Und wenn ich mich von meiner Freundin trenne, die immer Kaugummi kaut, dann wüsste meine Mutter, dass ihre Erziehung »erfolgreich« gewesen sei. Aber als sie mir mit ihren Geschichten keine Angst mehr machen konnte und ich anfing, auf der Straße mit den Zigeunern zu tanzen, da senkte sie den Kopf und verfluchte den Tag, an dem sie mich zur Welt gebracht hatte.

10

Alle sagen, sie sei meine Mutter. Aber weder habe ich sie mich stillen sehen, noch habe ich den Duft ihrer Brust geatmet. Sie hat mich immer nur am Haar gezogen und einen »Teufel« genannt. Ich floh durch die Tür, die kein Licht hereinließ, und freundete mich auf der Straße mit den Mädchen an. Da schämte sie sich, ihren Gästen zu sagen, dass ich ihre Tochter bin. Nein, mein Vater kann sie nicht wirklich gekannt haben. Wollte sie in seinen Armen liegen, seinen Schweiß riechen, kam sie, riss mich aus meinen Träumen, die sich in den Linien seines Gesichts verloren, nahm mich auf und steckte mich in das leere Zimmer. Die ganze Nacht schlief sie an seiner Seite, und am Morgen lachte sie und sagte: »Du hast dieses Geschöpf völlig verzogen.« Und dann kommt diese Mutter und erwartet von mir, dass ich Mutter werde – ich, die zu Gott gebetet hat, dass er meinen Leib mit keiner Frucht segnet. Nein, ich habe beschlossen, nur deine Tochter zu sein. Ich werde mit meinen zarten Fingern in deinem Haar spielen und warten, dass du einschläfst.

11

Wenn ich meinen Vater leiden lassen wollte, habe ich gehustet, bis ich kaum mehr Luft kriegte und mir die Brust schmerzte. Meine Mutter sagte dann: »Der kleine Wolf heult wieder.« Hatte mich mein Vater wütend gemacht, nahm ich ein paar Kleidungsstücke, packte sie auf den kalten Boden und legte mich dort schlafen. Ich sagte: »Ich gehe weg von euch, keiner hat mich lieb, nicht einmal du.« Dann hob er mich auf und trug mich hinüber zum Bett. Manchmal kam es sogar vor, dass er mich zwischen sie beide legte. Er kehrte mir das Gesicht zu, meine Mutter ihren Rücken. Als ich etwas größer war, sagte ich zu dem, den ich liebte: »Wenn du mich nicht liebst, werde ich dich verlassen«, worauf der, den ich liebte, mich verließ. Und als ich mich dann deinem kalten, modernden Herzen auslieferte, wurde die Distanz noch größer. Ich wurde älter, also wischte ich mir die Tränen ab und redete mir gut zu, mich aufrecht zu halten und nicht den Boden unter den Füßen zu verlieren. Aber der Husten hatte meine Brust schon zu sehr verletzt.

## 12

Ich habe immer versucht zu sein, wie »Du« es dir gewünscht hast oder »Sie« es verlangte. Ich habe mir große Mühe gegeben, die Frau zu werden, die du lieben könntest, oder die Tochter zu sein, die ihr gefiele. Aber wann immer ich mich bemühte, sie zufrieden zu stellen, machte ich dich wütend, und wenn ich mich mit dir wieder versöhnen wollte, hast du mich verletzt. Ich weiß, dass ich ein bitteres, salziges Meer durchqueren muss, um in den Tagen, die da noch kommen, etwas Süßes zu finden. Ich werde es durchwaten, aber ich ertrage es nicht, dass Bitterkeit alles sein soll, was ihr beide mir als Erinnerung in meinem Herzen hinterlasst.

## Über Menschen, die sich auf den ersten Blick verlieben

*Wenn sich einer auf den ersten Blick verliebt und sein Herz infolge einer plötzlichen Eingebung schnell an jemanden hängt, so ist dies ein Beweis dafür, dass er wenig Anstand besitzt, es zeigt an, dass er schnell vergisst, und bezeugt, dass er unbeständig und leicht überdrüssig ist. Und so ist es in allen Dingen: Was am schnellsten wächst, vergeht auch am schnellsten, und was am langsamsten entsteht, schwindet auch am langsamsten.*

*(»Das Halsband der Taube«)*

Du hältst den Kopf fest, er wiegt schwer von Gedanken: du und deine Nacktheit, die kalten Fliesen, das Geschrei der Mädchen in den Fluren. Das Tor zum Grabmal deiner Erinnerung hat sich geschlossen, du zerrst aus den alten Kartons Gespinste aus Seide und Spitzen. Wo hast du ihn zum ersten Mal gesehen?

Du erinnerst dich an jede Einzelheit; immer wieder hast du die Geschichte erzählt, viele Male und vielen Menschen, die dir auf Treppen und Fluren begegnet sind oder in deinem Zimmer. Du hast, wie du es gern tust, mit angezogenen Beinen gesessen, die Arme um die Knie geschlungen, und erzählt. Du, die blaue Aubergine, das N, wie du dich selbst nennst. Du selbst hattest keine Daseinsform, und die Wörter besaßen keine Geschichte. Das N war dein Synonym, wenn dein Vater den Kopf bedrückt senkte oder deine Mutter ein hämisches Lachen zu unterdrücken versuchte. Die Liebe, dein Körper und die Beziehung zu einem anderen Mann waren die Seiten eines Dreiecks, das mal enger, mal weiter war und in dessen Leere du als Gefangene vegetiertest. Die Kisten deiner Großmütter, das Zimmer deines Vaters, der Irrgarten deiner Gedanken – das waren die drei Stränge, mit denen dein Haar einfach und schlicht geflochten und als Zopf unschuldig auf deinem Rücken lag. Auf diese Unschuld warst du lange bedacht, hast sie wie eine Schlinge um deinen Hals getragen und dir einen großen Galgen gebaut, an den du im Namen der Unschuld alles gehängt hast, was dir Verderben bringend erschien. Doch schließlich ist dir klar geworden, was Unschuld bedeutet: dass dein Herz für immer missbraucht werden soll, ausgeplündert wie herrenloses Land, auf dem die Kinder ihre Notdurft verrichten und die etwas Älteren es wie die Hunde in den engen Straßen treiben. Du hast nicht gemerkt, wie verblendet du vom Glauben an die Unschuld warst, du hast es erst begriffen, als er dich mit der zynischen Frage verletzte: »Bist du wirklich so naiv oder einfach nur blöd?« Hast du tatsächlich gedacht, dass er dir deine Unschuld glaubt? Es stimmt, du bist wirklich »einfach nur blöd«.

Er hat dir nicht mehr und nicht weniger gesagt, als dass das, was für dich ein Leben lang ein hehrer Wert gewesen ist, eine törichte Illusion war. Er brauchte keine Erklärungen. Seine Meinung stand fest, nämlich dass du nicht normal bist. »Du bist verrückt.« Zum ersten Mal hast du das Gefühl, dass dieser Satz, den du dir selbst oft genug aus Spaß gesagt hast, wenn du dich mit einer Kurzformel beschreiben wolltest, dass dieser Satz wie eine eiskalte Klinge dein Selbstbewusstsein durchbohrt. Du kauerst dich auf den Boden, und nicht nur, dass du seine Schläge erträgst, du lässt es auch zu, dass die Fäden aus dem Gespinst von Seide dein Gedächtnis mit Stichen plagen: wie du ihm bei der ersten Begegnung die Hand gereicht hast, wie du auf ein kleines Stück Papier seinen Namen und seine Telefonnummer geschrieben hast, dass du die Kinokarte sorgsam eingesteckt hast, dass du dir den Titel des Films und die Namen der Hauptdarsteller genau gemerkt hast. Du weißt noch, welches Kleid du für ihn angezogen hattest, nämlich das mit den vielen kleinen Ringen, auch wenn deine Mutter herumnörgelte, dass es wie ein Kinderkleidchen aussehe. Du hast es trotzdem angezogen, und als du nervös warst, hast du mit den Ringen herumgespielt. Zehn Jahre kannst du von deinem Leben abziehen, die du zu leben vergessen hast, weil du der Erinnerung treu sein wolltest, dem Gedenken an den, der dich geküsst hat und von einem Blutgerinnsel dahingerafft wurde. Weil du so versessen auf die alte Geschichte warst, die du in der Moschee immer erzählt hast, nachdem du über Keuschheit, den züchtig niedergeschlagenen Blick und die Enthaltsamkeit von der Welt und allen ihren Reizen gesprochen und mit der Mahnung geendet hast: »Lasst ab vom Vergänglichen, haltet fest an dem Bleibenden, das Gott gewährt.« Noch im gleichen Atemzug fingst du tief bewegt an zu erzählen:

»Einst lebte in Kufa ein schöner Jüngling, der Gott frommen Herzens diente, einsiedlerisch lebte und vom Gebet nie abließ. Eines Tages erblickte ihn ein hübsches junges Mädchen, als er auf dem Weg zur Moschee war. Auf der Stelle verliebte sie sich in ihn. Lange Zeit beobachtete sie ihn von ferne, bis sie ihn schließlich eines Tages ansprach und sagte: ›Jüngling, hör dir an, was ich zu sagen habe, und dann tu, was du zu tun hast.‹ Er antwortete: ›Es würde Argwohn hervorrufen, wenn ich mit dir spreche, und nichts verabscheue ich mehr, als argwöhnisch beäugt zu werden.‹ Eine Träne glänzte in ihrem Auge, aber sie fuhr fort: ›Bei Gott, ich würde hier nicht stehen, wenn ich nicht wüsste, wer du bist. Du gehörst zur Schar der frommen Diener, die wie bei einem wertvollen Glas der kleinste Makel verunreinigt. Aber alles, was ich dir zu sagen habe, ist, dass mein ganzes Sinnen und Trachten nur noch dir gilt. So soll denn Gott entscheiden, was aus mir und dir wird.‹ Da schrieb der junge Mann einige Zeilen auf ein Stück Pergament und warf es ihr zu. Da stand: ›Wisse: Ist das, was du sagst, unwahr, werde ich dich an dem Tag daran erinnern, da der Himmel wie flüssiges Pech und die Berge wie gezupfte Wolle sind und der Freund den Freund nicht mehr erkennt. Sollte aber an deiner Rede etwas Wahres sein, so verweise ich dich an den Heiler, der den rechten Weg kennt und schmerzliche Wunden zu lindern weiß. So mache dich also auf zu Gott, dem Herrn der Welten. Ich hingegen werde mich mit Seinen Worten von dir abwenden, die da heißen: 'Warn sie vor dem nahenden Tag, wenn die Herzen bis zur Kehle schlagen und die Missetäter keinen Freund mehr finden, wenn kein Fürsprecher ihnen zur Seite steht. Denn Er sieht den Augen die Treulosigkeit an, und Er weiß, was die Brust verbirgt.'‹ Da weinte die junge Frau bitterlich, und sie sprach zu ihm: ›Ihn, Gott den Herrn, in dessen Hand der Schlüssel zu deinem Herzen ruht, will ich bitten, dass er erweicht, was in dir verhärtet ist. Eh Gott der Erhabene es nicht anders fügt, wird es nach dem heutigen Tag keine Begegnung mehr geben.‹ Die junge Frau kehrte nach Hause zurück, hütete es und weinte bitterlich und vergoss noch mehr Tränen als beim ersten Mal. Und so blieb es, bis sie starb. Da entsann sich ihrer der junge Mann, und er empfand so starkes Mitleid, dass er weinte. Es kam jemand, der ihn fragte: ›Was sollen deine Tränen, da du es doch warst, der sie in die Verzweiflung trieb?‹ Der junge Mann sprach: ›Ich erstickte zunächst ihr Begehren, um Gott dem Herrn dieses Opfer zu bringen und mich Ihm damit gefällig zu machen, dann aber erfüllte mich Scham, von Ihm zurückzuerbitten, was ich Ihm als Opfer schenkte.‹ Und er blieb ihrem Gedenken treu, bis der Kummer ihm das Herz brach und er ihr folgte.«

Die Einzige, die dir glaubte, warst du selbst. Du hast dir deine Freude, ja, Glückseligkeit noch lange aufbewahrt, während die anderen dich nach der Predigt schleunigst verließen, nur um in den Hörsälen, Seminarräumen und Labors ihre Hände in andere zu schieben. Du hast Handschuhe getragen, die Augen niedergeschlagen und die eisige Kälte in deinem Innern an dieser einen Geschichte gewärmt. »Einst lebte in Kufa ein schöner Jüngling, einst kam ein hübsches Mädchen ...« Fünfzehn Jahrhunderte ist die Geschichte schon alt, aber ihre Bedeutung hast du erst begriffen, als er dir mitten hinein ins Gesicht sagte: »Du bist nicht normal, du bist verrückt.« Erst da wurde dir klar, dass die Geschichte aus grauer Vorzeit stammt, mit der du nichts zu tun hast. Dass du mehr zu Olga passt, die auf dem Balkon sitzt und raucht und munter darüber plaudert, dass die Liebe eine sinnliche Erfahrung sei und du viel zu romantisch veranlagt wärst. Dass die Gedanken, die du am Rande deiner großen Untersuchung notierst, noch viel romantischer und versponnener seien. Du würdest gern die Seile der Schaukel loslassen, dir wünschen, dass sie kräftig angestoßen wird und du auf einmal wie ein Schmetterling davonfliegst oder wie eine Gazelle in die große, weite, lichte Wüste läufst oder dich wie ein Falke hoch hinauf auf den Berg schwingst und dich in seiner Höhle verkriechst und schläfst. Ach nein, du wirst nicht fliegen, du wirst wieder stürzen und dir den Kiefer brechen. Du wirst auf dem Boden liegen, stöhnen und einen alten Lappen an dich drücken, auf den ein Kätzchen gemalt ist, das miaut. Du wirst das Kätzchen umarmen und sagen: Wer hat dir so wehgetan, Jasmina? Du wirst die Wunde mit Penizillin besprengen, aber sie wird nicht heilen, und so wird das Kätzchen auf dem Lappen, mit dem du dir die Tränen trocknest, sterben.

Seine Hand in deiner Hand – allein das reicht, um alles auszulöschen, was du über dich und deine Wunden weißt.

Seine Hand trägt dich weit fort, so wie die deines Vaters, wenn er dich an den Armen hielt und herumschleuderte und sich deinem kleinen, mageren Körper Welten eröffneten, die du bis dahin nicht kanntest. Seine Hand in deiner Hand. In jener Nacht konntest du nicht schlafen. Du hast die Kette und das Parfümfläschchen an dich gedrückt und fieberhaft überlegt, wo du beides verstecken könntest, denn da war weder ein Schrank noch eine Kiste, die du hättest verschließen können. Du bist ein offenes Buch, du darfst kein Geheimnis für dich behalten, und was du tust und lässt, ist allen bekannt. Das kleine Stück Papier und die Kinokarte hast du im Schrank deines Vaters versteckt, und zwar in der Uniform mit den Sternen, an der noch die Spuren von all den Operationen haften, die er mit dem Skalpell im Militärkrankenhaus Tall al-Kabir ausführte, als du noch die blaue Aubergine warst. Die Uniform, auf die er so stolz war und die deine Mutter nach seinem Tod mit Tüchern bedeckte. In der Brusttasche, dort, wo das Herz geschlagen hat, hast du deine Heimlichkeiten versteckt, und du hast auf diese Stelle manchmal einen Kuss gedrückt, obwohl die Uniform nach Mottenpulver roch. Du hast sie mit vielen Tränen benetzt und gewusst, dass er dich spürt und dir den Verrat, den du seinem Gedenken angetan hast, verzeihen wird, dass er einverstanden damit ist, dass du die ehrgeizigen Pläne, die er für dich hegte, für die Zeit hinausschiebst, in der du etwas in die Arme schließen kannst, das du dein Eigen nennst. Erst dann wirst du die Suche nach einem Ort fortsetzen, der seines Namens, den auch du trägst, würdig ist. Aber die Erinnerung an den Jungen bleibt in deiner Hand haften und wird sich nie verwischen. Du legst dich mit dieser Erinnerung schlafen, du wachst mit ihr auf, und jedes Mal fragst du dich, ob das, was du mit dir herumschleppst, Liebe ist. Und du wirst seufzen, wenn du entdeckst, dass das, was in den engen Kleidern steckt, die du jetzt anziehst, dein Körper ist. Das Haar trägst du lang, die Männer schauen dir gern ins Gesicht. Du wirst in deinem Herzen ein Lachen aufstöbern, doch sobald es herausmöchte, ins Freie, schnellt deine Hand zum Mund, um das Schiefe und Krumme zu verstecken, das du selbst noch immer deutlich siehst.

Die Zeit heilt alle Wunden, auch die langen, breiten Nähte, wegen denen die Kinder dich hänselten, dir die Zunge rausstreckten und riefen: »Muse-Mase-Mausezahn, der Tischler nimmt die Säge, da kriegt man so ’ne Zähne.« Sie konnten nicht genug davon kriegen, dir zu beweisen, dass das Knarren deiner beiden Kiefer, die nicht aufeinander passten, genau dem Rhythmus ihres Singsangs folgte. Jetzt aber bist du endgültig davon überzeugt, dass Gott der Herr aus deinen morschen Gebeinen nicht nur wieder Knochen gemacht und sie mit reichlich Fleisch versehen hat, sondern damit auch ein völlig neues Geschöpf erschuf. Lob und Preis sei Gott, dem Schöpfer aller Dinge. Du lobst und preist Ihn, während du vor dem Spiegel stehst, den Ausschnitt ein wenig öffnest und erleichtert seufzt, weil du glücklich bist, dass dir das Leben letzten Endes mehr gibt, als du je erwartet hast.

## Über die Vereinigung

*Zu den Erscheinungen der Liebe gehört die Vereinigung. Sie ist eine hohe Wonne, eine erhabene Lebensstufe, eine wunderbare Seelenhöhe und ein überragendes Glück. Nein, sie ist schlechthin das erneuerte Leben und das gehobene Sein, die immer währende Freude und eine große Gnade Gottes. Wenn die Welt nicht eine Stätte von Bitternis, Heimsuchung und Betrübnis und das Paradies nicht eine solche der Belohnung und der Sicherheit vor allen Widerwärtigkeiten wäre, dann würde ich sagen, dass die Vereinigung mit dem Geliebten das ungetrübte Glück ist, die ungemischte, von keinem Leid berührte Freude, die Vollendung aller Wünsche und die Erfüllung aller Hoffnungen … Von mir kann ich dir jedenfalls nur sagen, dass ich nie von dem Wasser der Vereinigung genossen habe, ohne dass es meinen Durst gesteigert hätte.*

*(»Das Halsband der Taube«)*

Als du dich staunend ergibst, ist eine Hälfte damit beschäftigt zu beobachten, während die andere Hälfte den Augenblick lebt. Zwei Hälften, die nichts miteinander zu tun haben. Dein Mund auf seinem Mund, aufeinander gepresst mit einer stillen Hingabe, dass es dir Angst macht. Weil es dir beweist, dass du ein Mädchen wie alle anderen bist und kein Vogel und kein Klumpen Fleisch, in den Gesichtszüge hineingeknetet wurden. Er umarmt dich, sagt: »Wir sind uns unglaublich ähnlich.« Du hast genau das gleiche Gefühl, als du seinen Körper streichelst, ihn mit den Armen umschlingst und dich wunderst, wie leicht dir das alles fällt. Hinterher werden deine Augen nicht aufhören, sündhaft zu funkeln, wie nach einem Verbrechen, und dein Mund wird sich ständig danach sehnen, sich auf seine Lippen zu pressen. Du wirst ihn immer wieder umarmen, ob beim Einschlafen oder beim Erwachen. Du wirst die Schaukel für immer aufgeben und Pfeile und gebrochene Herzen für die Engel malen. Du wirst überzeugt sein, dass dies das Happyend ist, mit dem die Filme enden. Dein Mund auf seinem Mund, dann kommen die Kinder, viele Jungen und dazu noch ein Mädchen, und alle leben glücklich und zufrieden bis an ihr Lebensende. Du steckst alles, was du nicht gelebt hast, in ein einziges Kapitel, und dieses Kapitel beginnt mit dem kurzen Satz: »Ich liebe dich.« Du trällerst den Satz vor dich hin wie ein Kind, das ein anderes hänselt. Du verschenkst freimütig alles, was sich in dir an Schlaflosigkeit, Angst, Ungestüm, Streitlust, Freude aufgehäuft hat. Du ziehst das Kleid deiner Mutter an, tanzt vor dem Spiegel und tastest am Scheitel deines Haars entlang, um eine Narbe zu finden, die ihrer ähnlich ist. Hastig, wie es deine Art ist, stürzt du ans Telefon. Du stößt die Hand deiner Mutter weg, die alles unter Kontrolle halten will, und schreist, dass du erwachsen genug bist und sie dich endlich dein eigenes Leben führen lassen soll. Aber sie zieht dich an sich, beklagt sich über deine ungestüme Art und spricht von der Angst, die sie um dich hat. Nachts betastest du deinen Körper, und statt dich zu schämen oder verlegen zu sein, fühlst du nur eins – Sehnsucht. Deine Hände schmiegen sich ins Gewirr der Linien seiner Handflächen, und du vergisst alle Schaukeln, von denen du jemals hinuntergefallen bist. Du kannst nicht schlafen und bist doch nicht wirklich wach. Jetzt kannst du deine Koffer packen und dich auf und davon machen, wie ein Schmetterling, der in einer Schachtel voller Löcher gefangen gehalten wurde und endlich ein Loch gefunden hat, aus dem er fortfliegen kann.

Mitten auf die Seite schreibst du mit großen Buchstaben: »Die Dialektik von Aufstand und geschlechtsspezifischer Unterdrückung.«

Du stürzt dich in die unterschiedlichsten wissenschaftlichen Quellen, schlägst nach, blätterst in dicken Büchern, liest deine Notizen, bist zutiefst davon überzeugt, dass so und nur so das Thema deiner Doktorarbeit lauten wird, weil du dich damit auf die Suche nach dir selbst machen kannst. Du setzt eine offene Klammer und schreibst:

(Der Körper der Frau ist einer der wichtigen Bereiche, in denen sich ihre Ausbeutung vollzieht. Die Unterdrückung der Frau basiert nicht nur auf der Vergewaltigung ihres menschlichen Wesens, sondern auch auf der ihres geschlechtlichen Wesens. Der Widerspruch zwischen der Funktion der Frau und dem allgemeinen Verständnis von Sexualität hat bei der Frau nicht nur zu einem Bewusstseinsdefekt hinsichtlich ihres Körpers geführt, sondern auch dazu, dass es in der arabischen Mentalität bei Begriffen wie Ehre und Sittlichkeit zu einem noch größeren Widerspruch kommt.)

Du hast die Klammer geschlossen und öffnest halb den Mund, als warte er, um ein Ganzes zu sein, auf die andere Hälfte. Rückt das Zeichen des Affen in die Nähe des weiblichen Krebses, ist er lieb und nett, und sein rundes Gesicht wird vom Mond und von Ebbe und Flut beeinflusst. Wenn du ihm das sagtest, würdest du ihm dein Innerstes offenbaren, ihn in die tiefsten Tunnel geleiten, die du mit deinen Kaninchen gegraben hast, damit sie einen Weg nach draußen finden. Und Olga, mit der du auf dem Balkon sitzt, fragt: »Meinst du wirklich, dass ein Kuss etwas so Gewaltiges ist, dass du dich nur noch damit beschäftigst?«

Olga wirft ihre Kippen einfach auf den Boden, sie macht sie nicht einmal aus, sondern lässt sie einfach weiterqualmen. Sie wird niemals begreifen, dass du dir deinen ganzen Eifer und Enthusiasmus aufgespart hast, um all das auf einen Schlag an einen einzigen Mann zu verschwenden, um mit ihm zu leben, bis er an deiner Brust stirbt. Du willst, dass er dir am Scheitel eine Narbe hinterlässt, weil er mit einem Stein nach dir geworfen hat. Du willst, dass er das tut, was du dir immer, dein ganzes Leben lang, gewünscht hast, nämlich dass er dich in seinen Armen wiegt, wenn du müde bist und schlafen willst. Dreißig Jahre bist du in den dunklen Tunneln deines Ichs herumgekrochen, und schaust du in den Spiegel, siehst du ein kleines Mädchen, dessen Seele ein einziger großer Irrgarten ist. Du sagst dir: »Ja, es ist dein Recht, zu leben und zu lieben. Oder hast du etwa das Gefühl, dass du mit dem Ablegen des Kopftuchs ein so schweres Verbrechen begangen hast, dass du dir deine kleinen Freuden durch Angst und Ratlosigkeit verderben lassen musst und an deinem Vermögen, zu lieben und dich lieben zu lassen, zu zweifeln beginnst?« Du streichst über deine Wunden. »Ja, es ist dein Recht, vergib dir selbst, leg das Gefühl von Schuld ab, kämpfe an gegen jegliches Gefühl der Ohnmacht, halte fest an der Überzeugung, dass es dein Leben ist, dass nur du für deinen moralischen Wert verantwortlich bist und dass es viele Möglichkeiten gibt, du selbst zu sein, ohne dass du deshalb deine Seele, die sich nach Liebe sehnt, vergewaltigen musst.«

Er hat es nicht verstanden. Ein einziges Mal hast du deinen Mund auf seinen gedrückt und gesagt: »Ich liebe dich.« Dann hast du eine neue Klammer gesetzt und geschrieben:

(Die Unterdrückung der Frau ist einzig und allein darauf gerichtet, sie ihrer existenziellen Daseinsmöglichkeiten zu berauben. Sie hat zur Entstellung ihres Selbstverständnisses ebenso geführt wie zum Verstummen ihrer Gefühle und Empfindungen, was heißt, dass nicht nur ihre menschlichen Beziehungen, sondern auch ihre biologischen Bedürfnisse gestört sind. Diese historische Unterdrückung ist es, die die Frau aus allen Bereichen gleichberechtigten Umgangs verstoßen und in einen endlosen Kreislauf von Entmündigung geworfen hat. Der Körper der Frau wurde von Beginn an von der Institution Gesellschaft vereinnahmt, und das Begraben neugeborener Mädchen stellt lediglich einen Aspekt des monopolistischen Anspruchs dar, der immer auf repressive Verhältnisse hinausläuft und an die Stelle von Liebe und Zweisamkeit Gewalt und Zwang setzt.)

In der Nacht vernimmst du die Stimme deiner Mutter. Komm zurück, sagt sie. Da fängst du an, von dir zu erzählen: wie du dir deine Zukunft vorstellst, dein Leben, dass du du selbst sein willst, dass ein ganzes Leben an dir vorbeigegangen ist, ohne dass du dir dessen bewusst warst, dass du alt genug geworden bist, um allein zu leben, dass das Internat, wo die Doktoranden untergebracht sind, nichts als ein hässlicher Bau ist, in dem die Mädchen sich völlig ungeniert benehmen, in Kleidern herumlaufen, die von ihrem Körper mehr zeigen als verhüllen, sogar auf Balkons herumstehen, gut sichtbar für alle Passanten, sodass die Autofahrer wild hupen, dass du hier nach einem Raum suchst, in den du dich zurückziehen kannst und wo du dich wohl fühlst, aber alles, was sich dir bietet, ist ein winziger Balkon mit Aussicht auf ein altes Haus und ein paar Nester von kranken Tauben. Aber den Mond kannst du sehen und zwei schwach leuchtende Sterne. Rechts von dir sitzt Olga, die an ihrer Doktorarbeit über arabische Literatur schreibt; links hockt Sarja, die die strategischen Veränderungen nach Camp David und die Rolle der palästinensischen Autonomiebehörde erforscht, während du dich mit den verschiedenen Aspekten beschäftigst, die einer Revolte zu Grunde liegen, klassenmäßigen, geschlechtsspezifischen, und deren psychischen und sozialen Motivationen. Ihr seid drei und teilt euch drei Räume, den Balkon, das Bad, die Küche, und ihr teilt euch die Tür, die ihr hinter euch schließen könnt, wann immer ihr wollt. Du wirst hier viel Zeit schlaflos verbringen, und du wirst Nadir sagen, dass du dir sehr allein vorkommst und nicht weißt, wie du in einem Haus schlafen sollst, das nicht dein Elternhaus ist, und dass du nicht weißt, ob du das Richtige tust, und dass du dich manchmal schuldig fühlst. Und er, er wird dir antworten: Mach, was du willst, Hauptsache, du bist von dem, was du tust, überzeugt. Und dann wird er ganz schnell den Hörer auflegen, weil er zu tun hat, und deine Mutter wird sagen: Komm zurück. Und jedes Mal kämpfst du verbissen gegen die Versuchung an zurückzukehren, sagst dir immer aufs Neue, dass du dich ohne deine Mutter sehr glücklich fühlst und jetzt genau so lebst, wie du es immer wolltest. Und am Tag jagst du verloren umher, und in der Nacht sitzt du einsam und allein und grübelst über dein Elend nach und findest keinen Schlaf.

# Über das Meiden

*Wer sich als einen Liebenden bezeichnet und dabei leicht überdrüssig wird, der ist kein Liebender. Menschen mit dieser Veranlagung ergeben sich am schnellsten von allen Wesen der Liebe und haben von allen die geringste Ausdauer gegenüber dem, den sie lieben oder hassen, sowie umgekehrt. Sie wenden sich von der Liebe genauso schnell wieder ab, wie sie sich ihr ergeben haben. Darum vertraue keinem, der zu Überdrüssigkeit neigt, lasse dein Herz sich nicht mit ihm abgeben und täusche es nicht mit der Hoffnung auf seine Treue.*

*(»Das Halsband der Taube«)*

In dem Zimmer stapeln sich Konzepte und Entwürfe; ganze Kapitel hast du ausgearbeitet – über Verzicht, Unterdrückung, geschlechtsspezifische Gewalt, Werte und Motivationen wie Bestätigung, Akzeptanz und Harmoniebedürfnis, durch die das Individuum gefügig gemacht werden soll. Du öffnest den Ausschnitt, streichst dir über den Nacken und setzt erneut eine Klammer.

(Die Frauenbewegung musste schon bisher gewissermaßen als Fehlgeburt angesehen werden, da sie all ihrer fortschrittlichen Inhalte beraubt und für die Interessen der Bourgeoisie ausgenutzt worden ist, um deren eitle, selbstgefällige Ansprüche zu realisieren. Den endgültigen Schlag hat schließlich die islamistische Richtung gegen die Frauenbewegung geführt, denn sie bringt die Frauen um die Ernte all dessen, was sie sich erkämpft haben, indem sie sie auffordert, gehorsam und freiwillig auf ihren alten Platz zurückzukehren und sich wieder an die Traditionen zu halten. Mit anderen Worten: Die Frauen sollen sich der Zivilgesellschaft verweigern, was nichts anderes heißt, als dass sie sich aus dem öffentlichen Raum zurückziehen und im Schatten des Ererbten verstecken sollen, statt aufzubegehren und Verantwortung zu übernehmen. Sehr schnell schlüpft die Frau also wieder in den Käfig, zieht die so genannte Geborgenheit vor, statt sich den Strapazen und Konsequenzen der Befreiung zu stellen. Ist diese Stufe erst einmal erreicht, kann die Akte »Sexuelle Befreiung« geschlossen werden, denn nun hat die Frau ihr Selbstverständnis auf Begriffe wie Ehre und Züchtigkeit eingeschränkt, ihr menschliches Sein gegen körperliche Keuschheit eingetauscht und akzeptiert es geflissentlich, dass sie mit einem nützlichen Körper, ansonsten aber mit einem unzulänglichen Verstand ausgerüstet ist.)

Du schiebst die Papiere beiseite, überlässt alle Einzelheiten, in die du dich hineingestürzt hast, Ebbe und Flut. Du hockst dich hin, legst die Hände aufs Herz und bist bereit zu warten. So lange, bis er kommt und du das Kapitel der Vereinigung mit dem letzten Buchstaben abschließt. Du wirst alle Werte wie Demut und Fügsamkeit, alles, was du je über wertmäßige Übereinstimmung und Widersprüchlichkeit erzählt hast, in den Müll werfen und wirst dir stattdessen zum tausendsten Mal alle Einzelheiten dieser wundersamen Begegnung in Erinnerung rufen, diesen Moment, als er deine Hand nahm, dich an sich zog, seine Lippen auf deine presste, den du nie vergessen wirst. Nur eins ist dir aus dem Gedächtnis entschwunden, nämlich dein Gesicht, das noch nie so schön gewesen war. Mit dieser Nacht wirst du ein neues Gedächtnis beginnen, und sein erster Tag soll der sein, an dem du aus seinen Händen dein Leben empfangen hast, an dem du schön wie all die anderen Kinder aussahst, an dem du sanft gelächelt hast, wie dieses satte Baby auf der Dosenmilch, an dem du mit dem Leben zufrieden warst – so wie jetzt. Und sollten unter dem Kopfkissen noch ein paar Ängste und Beklemmungen hervorkriechen wollen, stößt du sie weit, weit weg und schläfst einfach ein. Du malst ein weißes Kleid, nachdem Sarja dir erzählt hat, dass Brokat nicht mehr modern ist. Du willst es mit Rosen besticken, und es soll ein großes Dekolleté haben, wie das Kleid von Fatin Hamamat, als sie Omar Sharif geheiratet hat. Du zeichnest es ohne Ärmel, aber dafür reichen die Handschuhe bis zu den Achselhöhlen hinauf. Du lässt Brust und Schultern frei und wirst dich nicht genieren. Du kannst das Kleid auch beim Tanzen tragen – eins, zwei, drei, seine Hand liegt tief unten an deinem Rücken, deine Hand ruht auf seiner Schulter. Eins, zwei, drei – so begannen alle Hochzeiten, die du erlebt hast. Die Torte wurde angeschnitten, die Lichter gingen aus, und dann kreisten Neonlichtstrahlen durch den Saal. Du machst Schaufensterbummel, siehst dir Kleider und mögliche Geschenke an, wie den Rahmen für das Hochzeitsfoto zum Beispiel, der aus zwei ineinander verschlungenen Silberherzen besteht, dann noch einen Rahmen aus nur einem Herzen, wie gemacht für das Foto deines Töchterchens, von dem du träumst. Das Kleid wirst du kaufen, wenn er sich mit dir wieder versöhnt hat, und vielleicht lässt du dir die Haare ein wenig kürzer schneiden, das sieht bestimmt hübsch aus, vor allem wenn du kürzere Kleider trägst. Deine Beine sind gar nicht so schlecht; sie sind nicht sonderlich schön, aber auch nicht besonders hässlich, es sind eben einfach deine Beine. Du wirst sagen, dass seine Wohnung wie ein Bücherladen aussehe, wie der von al-Gahiz zum Beispiel, und dass es am besten sei, einen Plan aufzuhängen, um sich bei den Büchern zurechtzufinden; sogar auf dem Spülkasten im Klo und in den Küchenschränken liegen welche. Nein, du wirst nicht in einem schwarzen Bett schlafen, du willst ein vergoldetes mit Säulen haben, wie das von deiner Großmutter. Du wirst eine rosa Bettdecke kaufen, die Farbe des Hochzeitskleids deiner Mutter, und du wirst immer gut die Tür schließen, damit deine kleine Tochter die Bettdecke nicht aus Versehen schmutzig macht. Unter die Kopfkissen legst du Hennablätter, und sein Kissen besprühst du vielleicht mit Parfüm, damit er genauso gut schläft wie deine Großmutter Nina, und dann lässt du dein kleines Kätzchen, das auf dem Tuch, das du immer umarmt hast, an seinen Zehen lecken. Jetzt bist du endlich bereit, alle Pappschachteln, in die sie dich eingesperrt haben, wegzuschmeißen, alle Knöpfe aufzumachen und in deine Papiere lauter Löcher zu reißen – für das Licht, die Liebe und das Leben. Du wirst deine Bilder und Rahmen einsammeln und den Balkon, den Jasmin, den Mastixstrauch und die Tamarisken, die auf euer Haus und das deines Onkels Schatten werfen, deiner Mutter überlassen. Du wirst zu ihr sagen, dass du den erwählt hast, den du liebst, und sollte sie nicht einverstanden sein, wirst du nicht davonlaufen, denn fürs Davonlaufen bist du einfach zu groß. Du wirst mit ihm im Neonlicht tanzen und dich nicht darum scheren, ob deine Mutter oder der Vatersbruder oder der Muttersbruder oder sonst wer von der Verwandtschaft anwesend sind. Du wirst einfach alle vergessen – die Mutter, die einst Königin Nariman hieß, den Vater mit Namen Saad Pascha und den hübschen kleinen Jungen, der mit dir gespielt und Wandzeitungen gemacht hat und der dir jetzt am Telefon erklärt: »Hauptsache, du bist von dem, was du tust, überzeugt«, und dann den Hörer gleich wieder auflegt, weil er es eilig hat, nach Kanada zu kommen. Zu vergessen ist kein sonderliches Kunststück, du streichst sie einfach aus deiner Buchführung, damit sie dich dein Leben führen und die Tür hinter dir zumachen lassen. Du wirst dich erst wieder an sie erinnern, wenn du in deinem Fotoalbum blätterst oder mit ihm über die Wohnung redest, weil sie viel kleiner als in deinen Träumen ist, denn erstens braucht das Baby ein eigenes Zimmer, und zweitens muss jeder von euch einen Raum für sich allein haben. Du musst dich zurückziehen können, wenn du dich über ihn ärgerst, und du wirst oft und schnell ärgerlich, und du möchtest nicht, dass dich dein Kind wütend erlebt, also brauchst du einen Ort, wo du dich verkriechen kannst. Vielleicht bekommt ihr zum Beispiel Streit, wenn ihr einen Mädchennamen sucht oder wenn du ihm in der Küche nur helfen kannst, weil du vom Kochen nichts verstehst, oder wenn er ziemlich viel Geduld aufbringen muss, weil du kein geordnetes Leben kennst. Nur eins dürfte er nicht, nämlich dir mit anderen Frauen drohen, denn dann würdest du dich in ein verschrecktes Mäuschen verwandeln, und deine Narben würden wieder schmerzen, und du würdest dich klein und mickrig fühlen und dich ganz tief in dein Inneres, in dein endloses Schneckenhaus verkriechen.

O ja, du bist bereit, das ganze Kapitel Vereinigung zu genießen und auszukosten, was du an Freude bisher erlebtest, aber auch die Tränen, das Warten, die Verstörtheit, die Drähte im Mund und all die vielen Jahre, in denen du, der Blick von Keuschheit und Sehnsucht getrübt, die Kerne des Granatapfels nur betastet hast, ohne sie einem anderen in den Mund stecken zu dürfen. Du bist bereit, dein Leben mit Warten zu verbringen und ihm die Enttäuschung zu verzeihen, die er dir mit seinen sorgfältig gewählten Worten bereitet hat, als er sagte: »Ich wollte eigentlich nicht so schnell heiraten. Bevor wir irgendeine Vereinbarung treffen, sollten wir uns erst richtig kennen lernen.« Du hast mit einem Nicken zugestimmt, und nun sitzt du also wieder auf dem Balkon, und Olga wirft die Kippen weg, und du wartest auf ihn. Es sei sein gutes Recht, sich so zu entscheiden, sagst du dir und findest hunderte von Entschuldigungen für ihn. Du bist bereit zu glauben, dass die Liebe eine sinnliche Erfahrung ist, du wärst zu vielem bereit, wenn nur das Telefon klingeln und er dir sagen würde, dass er dich erwartet. Du würdest alles vergessen, auch die Frau, deren Haar am Scheitel ergraut ist und die auf der Veranda sitzt, tote Jasminblätter zählt und dir im Traum »Komm zurück!« zuruft. Er wird dir erklären, dass ihr bis auf weiteres wie Freunde verkehren solltet. Er wird sagen, dass deine Sicht aufs Leben äußerst eingeschränkt und dein Verständnis für viele Dinge begrenzt sei, weil du das Leben aus einem sehr engen Blickwinkel sähest – dem eines Mädchens, das auf den Bräutigam wartet. Es sei alles durchaus möglich, aber nicht jetzt, nicht mit dieser Schnelligkeit. Sich zu binden, das brauche seine Zeit. Du wirst dir Mühe geben, es einzusehen und zu glauben, dass du tatsächlich engstirnig bist. Du wirst eine neue Klammer setzen und schreiben: (Die Liebe ist eine existenzielle Wahrheit, und das Verständnis von der Würde des Körpers wird der gesellschaftlichen Heuchelei und Verlogenheit geopfert. Die negativen Folgen, die aus der Verbreitung der Wahrheit entstünden, wären geringer als die, die aus der Unterdrückung und Verfälschung der Wahrheit resultieren. Es ist an der Frau, ihren Körper als ihr und nur ihr Eigentum zu verstehen, ebenso wie nur sie über Keuschheit und Jungfräulichkeit des Körpers entscheiden muss, statt zu akzeptieren, dass ihr Körper als Ware behandelt wird oder sich in gesellschaftlichen Institutionen, allen voran die Ehe, prostituieren muss, denn die traditionellen Ehemuster bewirken eine permanente moralische Herabsetzung des weiblichen Körpers.) Nachdem du dir neue Masken zurechtgelegt hast, hinter denen du deine Angst, deine Scham und dein Erbe aus alten Zeiten verstecken kannst, wirst du dich bereithalten, bei der ersten flüchtigen Berührung deine Sehnsucht zu leben, verzweifelt wie eine Motte, die darum kämpft, ans Licht zu gelangen. Eine einzige Berührung seiner Hand, und du wirst dich frei und gereift fühlen und die Kraft haben, dich ihm noch verbundener zu fühlen. Du wirst für sein Fernbleiben ein ganzes Netz von Entschuldigungen spinnen, und beginnst du ein neues Kapitel zu schreiben, nämlich: »Wie es Liebenden ergeht«, wird es aus dem Stoff tiefer Enttäuschung gewebt sein.

13

In diesem Zimmer, das keinem gleicht, das ich kenne – weder in meinem Vaterhaus noch zu Hause bei Freunden, noch sonstwo –, in diesem Zimmer habe ich mich ausgezogen, meine Kleider auf den Bügel gehängt, das Bild meines Vaters und das meiner Großmutter, in deren Schoß ich gerade krabbeln will, aufgestellt. Ich habe meine Bücher auf dem Tisch gestapelt. Ich habe dich angerufen, aber du hast den Hörer nicht abgenommen. Die drei anderen Mädchen reden über Studienaufenthalte, wichtige Bücher und Dissertationen. Als ich noch einmal versuche, dich zu erreichen, begreife ich, dass du sehr weit weg bist. Die Mädchen werfen mir vor, zu schamhaft zu sein und meinen Körper als Sünde zu empfinden und dass ich viel zu still sei und mein ständiges Schweigen ihnen die Laune verderbe. Wir halten die Tassen unter den Wasserstrahl, und die Bilder im Kaffeesatz lösen sich auf. Wenn ich die Zimmertür schließe und sie ahnen, dass ich nicht schlafen kann, verwandeln sie sich alle in Mütter, nur ich werde zu einem kümmerlichen Sämling, der von der Last deines Verlusts erdrückt wird.

14

Der Kaffeesatz, aus dem wir die Zukunft lesen, sagt mir, dass er mir eine Kette aus kleinen Blüten kaufen, mich unterhaken und mit mir am Nilufer spazieren gehen wird. Vielleicht küsst er mich sogar, wenn im Treppenflur kein Licht brennt. Aber du greifst immer nur nach einem Stift und korrigierst in meinen Gedichten Fehler, von denen ich mir wünschte, du hättest sie überlesen, denn dann wüsste ich, dass du mit dem Herzen gelesen hast. Ist der Mann im Kaffeesatz vielleicht ein ganz anderer als du, und sollte ich es dir leichten Herzens überlassen, meine Gedichte zu korrigieren? Vielleicht begreifst du dann, dass du meinem Herzen unrecht getan hast.

15

Heute Morgen hat andauernd das Telefon geklingelt. Ehrlich gesagt, habe ich nicht erwartet, dass du anrufst, aber gewünscht habe ich es mir. Es war die Stimme eines anderen Mannes, sie hörte sich ängstlich, zögerlich und zärtlich an. Meine Stimme klang einfach nur müde: »Ich habe gerade etwas geträumt.«

»Habe ich dich geweckt?«, fragte er.

»Ich bin aus dem Traum auf die Erde gefallen«, sagte ich.

16

Ein Schmetterling umkreiste die Rose meines Wartens. »Schlaf noch ein wenig«, bat ich ihn. Ich stand noch immer in der Nähe des Telefons, malte mir die Augen an und kämmte mir zum fünften Mal das Haar. Ich erfand tausend Lügen für alle, die kamen und gingen, damit ich am Telefon bleiben und im Moment, da du sagst: »Ich warte auf dich«, loslaufen konnte. Das Telefon läutete oft, Gott und die Welt rief an. Mein Herz erfand lauter Entschuldigungen für dich, es weiß, dass ich ihm glaube. Ich hätte es auch gern getan, aber da kam ein anderer Schmetterling, und er verriet mir, dass die Toten zurückkehren können, die Wunden sich schließen, die Jahreszeiten wechseln, du mich vergessen hättest und ich es akzeptieren und verstehen müsse. Da ging ich in mein Zimmer und legte mich aufs Bett, und eine zarte, durchscheinende Trauer spielte mit meinem Haar und erzählte mir Geschichten.

17

Der Zettel, auf dem mein Name deutlich geschrieben stand, war liegen geblieben; offenbar waren die anderen

Papiere, die er in seine Tasche packte, wichtiger. Es gab immer irgendwelche Freunde, die auf ihn warteten und über bedeutende Dinge reden wollten. Ich ging von einem Zimmer ins nächste, blieb aber immer in Hörweite des Telefons. Wie ich wartete es darauf, dass er eine freie Minute hätte und sich daran erinnerte, dass ich warte. Aber nein, er war viel zu beschäftigt. Wenn ich den Hörer abnähme, könnte ich all meinen ahnungslosen Freunden ausführlich erklären, wie anstrengend das Warten ist. Und würde ich alle meine noch ahnungsloseren Zettelchen zusammensammeln, gäbe es kein Stück Papier, auf dem nicht sein Name stünde. Das Telefon ärgerte sich, die Zettel wurden nervös, meine Freunde schwiegen mitleidig. Ich selbst bin die ahnungslose Einfalt in Person, die nicht davon ablassen kann, deiner Liebe hartnäckig hinterherzujagen.

18

Ich hasse das Telefon, wahrscheinlich liegt es hauptsächlich an diesem Ding, dass ich so unglücklich bin. Dauernd wirft es mir Sachen an den Kopf, die mich verletzen. Manchmal verhöhnt es mich, manchmal stellt es sich dumm, aber meistens benimmt es sich arrogant und boshaft. Ich kenne dieses Ding seit langem, weiß, dass es mich betrügen will. Es verändert einfach deine Wörter, es verdreht sie so sehr, dass ich nicht mehr weiß, woran ich bin. O ja, ich kenne dieses Telefon. Ich lass mich nicht mehr von ihm täuschen, wenn es so tut, als sei die Stimme, die es mir schickt, die Stimme von dir.

19

Sie haben wirklich große Angst um diesen Leichnam. Meine Mutter betastet ihn jeden Morgen, flicht sein Haar zu Zöpfen und glaubt, dass er lebt.

Willst du ihn haben? Nimm ihn. Gib ihm nur die Seele zurück, die auf und davon ist, um kleine Verschwörungen anzuzetteln und Karten zu zeichnen, weil sie den Weg zu deinem Herzen finden will.

## Über die Treulosigkeit

*Sie ist etwas, was keiner ertragen und worüber kein edler Mensch hinwegsehen kann, und sie bedeutet wirklich das tröstliche Vergessen schlechthin … Bei Menschen, die ein innerlich vornehmes Wesen haben, die der Bruch von Vereinbarungen empört und die von edler Art sind, gibt es keinen stärkeren Anlass zum Vergessen als Untreue. Nur ein Mensch mit verderbtem Mannestum, mit einer verächtlichen Seele, mit niedrigem Streben und schlechtem Ehrgefühl kann sie ertragen … Wenn mir nun ein Unrecht geschieht, ertrage ich es, übe lange Geduld und zaudere in einem Maße, dessen einer kaum fähig ist. Wenn es dann zu viel wird und meine Seele ergrimmt, dann bemühe ich mich zu vergessen, um mein Los geduldig ertragen zu können, indes mein Herz seine eigenen Empfindungen hegt.«*

*(»Das Halsband der Taube«)*

Du hältst inne, bevor du mit deinen Geschichten zu Ende bist. Du zögerst das Ende hinaus, damit du den Erzählfaden nicht loslassen musst und er dir verloren geht. Ich weiß, dass dich das Gefühl der Einsamkeit zu vernichten droht, so wie deine Mutter, deren Falten davon sprechen und die mit einem grimmigen Lächeln ihren Zustand betrauert. Hast du Angst vor einem solchen Ende, oder sehnst du es herbei? Du scheinst es gegen deinen Willen heraufzubeschwören, du bist sogar bemüht, auf gleiche Weise mit deinem Scheitern umzugehen, indem du dir im Angesicht deiner Trauer genüsslich den Tod ausmalst. Immer wieder greifst du auf die gleiche Entschuldigung zurück: »Es ist kein Vergehen, in einem dunklen, tiefen Wald seinen Weg verloren zu haben.« Aber dieses Mal war der Wald hell erleuchtet, getaucht in grelles, kaltes, alarmierendes Licht. »Ich kenne dich nicht gut genug, um dich zu lieben.« Das schleuderte er dir entgegen, und im gleichen Moment erinnerst du dich an den Jungen im Hörsaal, der hingerissen die Zöpfchen seiner Liebsten beschrieb, während das Mädchen rauchte, über Kopfschmerzen klagte, viel zu enge Hosen trug und in der Hemdtasche Gedichte versteckte, die von der »Gier nach Nacktheit und Halluzinationen« sprachen. Das Mädchen ließ dich ahnen, was und wie eine Frau war; keinen einzigen Tag hattest du es geschafft, das zu erreichen. Ging diese Ahnung von Frau an dir vorbei, hast du, weil du dir gedemütigt und erniedrigt vorkamst, an den Fingernägeln gekaut. Ein Bild steigt in dir auf: Großmutter Sitti legt einen Teppich auf ihre Bank, setzt sich hin, streckt die weißen Füße ins flache Wasser, und mit dem Bimsstein in der Hand wiegt sie die mit Ketten behangene Brust und singt:

»Soll ich lieben oder reuen,
ach, liebe Leute, ratet mir doch.
Soll ich lieben oder reuen,

verdien ich Pantöffelchen oder 'n Latsch,
Anstand lassen, Schande fassen,
ach, liebe Leute, so ratet mir doch.«

Sie lacht so laut, dass deine Kaninchen in ihre Höhlen flüchten und deine Wunden anfangen zu schmerzen. Du willst ihm seine Grausamkeit verzeihen, findest tausend Entschuldigungen für ihn, erinnerst dich an den Jungen, der nicht dich, sondern deine Freundin erwählt und genau den gleichen Satz gesagt hat: »Um sich zu lieben, muss man sich kennen. Wir kennen uns nicht gut genug, und bei so vielen Hüllen kann ich ja nicht einmal ahnen, wie du wirklich aussiehst.« Du hast die Handschuhe ausgezogen, das Kopftuch abgenommen und dein Herz weit, weit aufgemacht. Du hast dir eingeredet, dass die Liebe alles rechtfertigt und das Leben unendlich viel Schönes verspricht. Du hast dir gesagt, dass nicht nur er das Recht auf die liebende Vereinigung hat, sondern auch du, und dass eure Beziehung frei von gesellschaftlichen Vorurteilen sein muss. Du hast zwischen die Zeilen geschrieben: »Liebe ist Ehre«, und alle Erwartungen aufgegeben, die du an den Tag, an dem du blau und verängstigt ins Leben gerutscht bist, geknüpft hast. Nein, der Tag deiner Geburt sollte erst mit ihm kommen, und vielleicht würde das Telefon, das all deine Fragen offen gelassen hat, dir jetzt eine Antwort geben, ein letzter Versuch, und danach hörst du auf mit deinen ewigen Entschuldigungen, Geschichten und Schaukelklettereien. Aber nein, du verfällst wieder und wieder der gleichen Geschichte, weil du im Gewirr der Linien seiner Hand deine Wünsche verborgen weißt, in dieser Hand, die manchmal das Lenkrad umschließt, die sich aber manchmal auch deiner Hand überlässt, sodass deine Finger die Linien entlangstreichen können. Der Satz, wie eine Melodie geträllert, der dir schon einmal über die Lippen gekommen ist und dir noch immer auf der Zunge liegt: »Würdest du mit mir meinen Geburtstag feiern?«, auf den er dir lediglich ein kurzes »Vielleicht« oder »Weiß noch nicht« zurückgeben wird – ein Seil, an dem du dich vorsichtig entlanghangelst und dir dabei einredest, dass du »nett und gut erzogen« bleiben musst und ihn nicht unter Druck setzen darfst, weil du dir ja nur wünschst … ja, was? Dass du dich an ihn schmiegst, dass er dich auf die Stirn, genau zwischen die Augen, küsst, dass du über die Linien in seiner Hand streichst und zwischen der Lebens- und der Todeslinie das Zeichen siehst, das nur er hat, das ihn von allen anderen unterscheidet. Das Kleid deiner Mutter hängt noch immer ausgehbereit im Schrank, so wie du es hergerichtet hast. Olga würde die Zigarette ausdrücken und dir die Augenbrauen bürsten, Sarja gäbe dir ihre Schuhe, und um den Hals würdest du die Kette legen, die er dir gekauft hat. In deiner Handtasche steckt das Parfüm, aber vor allem die alte Kinokarte von dem Film, den ihr euch zusammen angeschaut habt. Ein Jahr ist das alles her. Dieses Mal sehen sich die beiden mitleidig an, als sie dir nachwinken. Du nimmst die Rose vom Tisch, hältst sie an die Brust und stürzt los, hin zu ihm. Ungeduldig wartest du darauf, dass er aufhört, auf das Lenkrad zu klopfen, denn er soll dir seine

Hand überlassen. Im Dunkel des Kinosaals, als über die Leinwand Gestalten huschen, nimmst du seine Hand in deine Hand und streichelst sie sacht. Ja, so lernst du ihn kennen, und das Schweigen ist eure einzige Sprache, und das Herz droht einem zu bersten, weil sich zu viel trauriges Warten, zu viel Trennungsschmerz, zu viel Sehnsucht angestaut hat. Deine Finger kribbeln vor Liebe, sie suchen eine Antwort in seiner Hand, doch die ist widerspenstig. Im Dunkel des Kinosaals küsst das Mädchen auf der Leinwand seinen Liebsten. Du saugst seine Kälte auf, wärmst sie an all deinen Wünschen, die du mit Mühe unterdrückst, sehnsüchtig darauf hoffend, dass seine Hand dir etwas Wärme zurückgibt. Doch kühl und gelassen ergreift er deine Hand, schiebt sie auf die Lehne deines Sitzes zurück und macht dich mit einem mahnenden Blick auf die vielen fremden Menschen aufmerksam, die du nicht wahrgenommen hattest. Was du wolltest, war Nähe, alles andere ging dich nichts an – nicht die glühenden Kippen von Olga auf dem Balkon, nicht die Texte in Klammern, in denen du über sexuelle Unterdrückung und überholte Werte schreibst, nicht deine Mutter, die das Silberzeug mit Essig putzt oder sich das leicht ergraute Haar mit Henna, Ingwer und Teeblättern färbt. Nein, du neigst dein Gesicht zu seinem Gesicht hinüber, so nah, wie du es noch nie getan hast, und mit einem trotzigen, aber auch unendlich traurigen Blick fragst du: »Was hab ich denn getan?« Du schaust auf deine Hand hinunter, die verlassen auf der Lehne liegt, und da er schweigt, wiederholst du die Frage, die genau die ist, die du damals nicht zu stellen wagtest, als der Französischlehrer zu dir sagte: »Ich will deine Stimme nie mehr hören!« Später wirst du dir sagen, dass jeder nur das glaubt, was er glauben will, denn angesichts seines großen Schweigens musst du dir eingestehen, dass er dich nicht will. Du spürst, dass es eine unermessliche Distanz zwischen euch gibt, dass allein du es warst, die die Illusion, es handle sich um Liebe, Stück um Stück aufgebaut hat, dass du die Einzige bist, die das glaubt, dass du dich jetzt zurückziehen musst, dass du dir eingestehen musst, dass dieser Schritt viel zu spät kommt. Du nimmst das Spielzeug, das du für ihn gekauft hast, wickelst es in dein Tuch, lässt es in den Irrgärten deiner Seele verschwinden und fängst wieder an, durch all deine dunklen, geheimen Tunnel zu laufen.

Ich muss weg von hier, wenn nicht, geschieht genau das, was alle erwarten. Es passiert das, was er gesagt hat, als er mich auf dem Platz neben mir anschrie und die Leute nicht mehr zu dem Mädchen auf der Leinwand hinschauten, das seinen Liebsten küsste, sondern mich anstarrten. Ich bin sicher, dass ich hübscher bin als das Mädchen auf der Leinwand, aber genauso klar ist, dass ich auch viel einfältiger bin. Das Mädchen liebt einen Mann, den die Fantasie erschaffen hat, ich aber liebe einen Mann, der neben mir sitzt und seine Hand wegzieht und sagt: »Du bist verrückt … absolut unnormal.« Die Kinder hinter mir kichern, was soll ich tun? Ich tue gar nichts, und deshalb redet er weiter. »Dein aufgeregtes Getue geht mir auf die Nerven, geh und lass mich bitte allein! Ich will dein Gesicht nie mehr sehen.« Du wirst deine Finger zwischen seine Finger schieben und sagen: »Ich liebe dich, und ich habe davon geträumt, mit dir zu leben.«

Noch bevor du den Satz zu Ende gesprochen hast, wird er dich unterbrechen: »Ich habe keine Zeit für dich. Ich denke weder an Ehe noch an Kinder, noch an überhaupt was, was da in deinem Kopf steckt. Für eine wie dich ist mir meine Zeit zu schade, lass mich also bitte in Ruhe.« Du beißt dir auf die Lippe, schiebst im Auto deine Hand an seine heran, und die Mädchen auf den Balkons beobachten dich verstohlen. Aber dieses Mal können sich deine Finger nicht auf die Suche nach dem Gewirr der Linien machen, das ihr letztes Jahr gemeinsam erkundet habt, an jenem Tag, der diesem so ähnlich ist – deinem Geburtstag, der dir eure erste Verabredung brachte. Damals, als er genauso gewesen war, wie du ihn in deinen Träumen gesehen hast – mit genau diesem Gesicht, genau dieser Hand, und du warst du, einfach nur du. Jetzt aber zieht er seine Hand hastig weg, öffnet die Wagentür und sagt: »Ich mache keinen Sex auf der Straße.« Und du, du reißt deine Hand an dich und stürzt dich in die dunklen Gassen. Du wirst nicht schlafen und nicht wachen können, wirst nackt auf den kalten Fliesen sitzen und jemanden, der zufällig vor der Tür vorbeigeht, bitten, im Flur das Licht zu löschen. Du wirst dich, gebrochen wie du bist, an deine Schmerzen klammern. »Ich hatte mich ja gar nicht in dich verlieben wollen.« Im Dunkeln kommt deine Mutter, zieht dich an den Haaren fort. In deinem Koffer liegen all die Sachen, die dir so vertraut sind: das Bild deines Vaters, das Bild deiner Großmutter, die dich auf dem Schoß hält, eine Kette in der Farbe von Wolken, zwei Kinokarten, zwei Buchstaben, ineinander verschlungen zu »Ich liebe dich«, die Puppe vom Schreibtisch, das Häschen, der geblümte Pyjama, der Zettel, der über deinem Bett hing und auf den du mit Filzstift geschrieben hast: »O du, meine immer währende Sonne, warum strahlst du nicht nur für mich?« Deine Mutter wird dich am Arm nehmen, das Fenster in deinem Zimmer öffnen, die Narzissen in eine Vase stellen und auf das Kopfkissen ein wenig Parfüm sprühen. Und wenn du in der Badewanne sitzt, wird sie warmes Wasser über dein Haar gießen, um deinen gekrümmten Körper zu reinigen. Du wirst nicht die Kraft haben, um aufzustehen, du hockst da, den Kopf zwischen die Knie gesenkt, und das Wasser versucht vergeblich, in deine Poren zu dringen, und das Becken läuft voll, und das Wasser fließt über den Rand. Du hältst den Kopf noch immer zwischen den Knien und schluchzt leise vor dich hin, und deine Mutter steht da und wartet, mit einem Handtuch und dem Pyjama mit den kleinen Rosen und spitzenverzierten Taschen. Sie wird dir die Haare neu flechten und dich in die Arme nehmen, wenn du einschläfst. Denn von nun an wirst du die nette, gut erzogene Tochter sein, die, wenn sie lacht, die Lippen fest zusammenschließt, weil sonst am Oberkiefer die Spuren einer alten Verwundung zu sehen sind. Die sich gründlich die Nase putzt, weil sie manchmal durch die Nase spricht, und bei einer verstopften Nase hört sich das nicht gut an. Die kein scharfes S, kein stimmhaftes S, kein Sch, kein T spricht, weil sie diese Buchstaben, wegen der Lücke zwischen den Vorderzähnen, nicht korrekt ausspricht, wie die Mutter bemängelt. Die nicht vergisst, geradeaus zu blicken, genau auf das jeweilige Ziel, denn ihre Pupillen haben die Neigung, zur Seite zu rutschen, und das sähe wie Schielen aus. Die am besten immer nach unten schaut, auf die Schuhe, weil sie dann die Gewissheit hätte, dass ihre Füße ordentlich nebeneinander stehen. Die, sollte es notwendig sein, die Füße anzuheben, darauf achtet, es schnell zu tun, damit sie nicht zu lange zu sehen sind. Die weiß, dass neben ihrem Bett Watte liegt, mit der sie sich die Ohren zu reinigen hat. Die nicht vergisst, sich die Zähne zu putzen, am besten fünf Mal am Tag. Es wird ihr dennoch nicht helfen, denn der Geruch kommt nicht von den Zähnen, er kommt aus der Kehle, in der ein Würgen steckt.

Lange schlafen, versuchen, zufällig auf einen neuen Anfang zu stoßen, und vielleicht kommt er ja und weckt sie und nimmt sie in die Arme, genau so, wie sie es sich immer erträumt hat.

## Über die Trennung

*Wir haben gesehen, dass alles, was zueinander kommt, sich einmal trennen muss und dass alles, was naht, sich wieder entfernen muss … Die Trennung ist eine schmerzliche Angelegenheit, eine quälende Sorge, ein ganz entsetzliches Ereignis und eine schwere Krankheit. Die häufigsten Fälle dieser Unruhe sind solche, in denen es nicht der Liebhaber, sondern die Geliebte ist, die fortgeht.*

*(»Das Halsband der Taube«)*

20

Die Wohnung, in der ich lebe, besteht aus zwei Räumen, die beide eine Tür zum Balkon haben. Es wohnt noch eine Frau dort, ich kenne sie. Begegnen wir uns auf dem Flur, lächeln wir uns zu. Komme ich mit noch tropfendem Haar aus dem Bad, nickt sie fröhlich, denn wir sind ja Freunde. Wird es dämmrig und sitzen wir auf dem Balkon, reden wir nicht mehr über wichtige Dinge, sondern plaudern über unseren Altersunterschied, unschöne Augenbrauen, unliebsamen Haarwuchs, vor allem im Sommer, da die Haare dann besonders schnell wachsen, aber es kommt auch vor, dass sie über das Problem laut sinniert, das sie am meisten beschäftigt. Sie habe noch kein Kind geboren, klagt sie dann, und das mache ihr Sorgen. Wenn sie zurückkehre, müsse sie das Problem irgendwie lösen. Sie wird mir ein Foto zeigen, das in ihrer Brieftasche steckt, und auf meine Frage, ob sie den Mann, den sie ihren Ehemann nennt, liebe, wird sie nicht gleich antworten. Erst ein Weilchen später wird sie den Kopf schütteln und sagen, dass sie darüber noch nicht nachgedacht habe. Aber im Augenblick sei ihr einziges Problem, dass sie noch immer kein Kind geboren habe. Sie wird wehmütig lächeln, wenn ich ihr sage, dass ich einen Mann liebe, der mich aber höchstwahrscheinlich nicht liebt. Wie sie werde ich auf meiner Lippe herumkauen und schließlich murmeln: »Irgendwie gibts für jedes Problem eine Lösung.« Wir schließen die Balkontür und sind uns beide ziemlich sicher, dass noch viele Enttäuschungen auf uns warten und das Glück vielleicht überhaupt nie kommt. Wir setzen unsere Lesebrillen auf, nehmen das Gespräch wieder über Dinge auf, von denen wir glauben, dass sie wichtig seien, und wann immer wir eine Hürde genommen haben, die unserem ehrgeizigen Streben im Weg stand, fangen unsere Augen an zu glänzen.

In der Wohnung, in der ich lebe, ist das benachbarte Zimmer frei geworden. Eine junge Frau hat darin gewohnt, die träumte, ein Kind zu gebären. Sie trug eine dicke Brille, damit die anderen von ihr sagten, sie sei eine Akademikerin, Arabistin vielleicht. Im Dunkeln hatte sie mir gestanden, dass sie mich gut verstehen könne. Heute hat sie sich auf und davon gemacht; sie nahm ihre Koffer und ging, ohne mir Auf Wiedersehen zu sagen. Sie ist in ihr fernes Land aufgebrochen und hat mir ein leeres Nachbarzimmer hinterlassen.

## 21

Meine Freundin, mit der ich meine Tränen teile, wacht in der Nacht auf, um ein neues Gedicht zu schreiben. Es ist ihre Todesanzeige, und sie setzt die Namen von Freunden darunter, von denen sie glaubt, dass sie sie beweinen werden. Sie hat von einem Mann geträumt, der ernst und würdig aussah und uns Süßigkeiten in den Mund steckte, aber nichts dafür haben wollte. Nur dass sie lächeln solle. Aber wenn er sähe, wie hübsch sie ist und wie traurig, vielleicht würde er sie dann entführen? Vielleicht ist er ein alter Krieger; er sitzt verkrüppelt auf dem Bett, und sie muss sich ununterbrochen die Heldentaten anhören, die er erlebt hat. Nach jedem zweiten Satz schaut er auf sein eingerahmtes Foto, als wolle er sich vergewissern, dass er einst dieser junge Mann gewesen ist. Ein gut aussehender Jüngling, der unserer nächtlichen Träume würdig gewesen wäre. Mit der Freundin, die Gedichte schreibt, habe ich gestern Streit bekommen, und zwar nachdem ich entdeckte, dass sie nichts daran findet, dass ihr das Kopfkissen, das meine Tränen schluckt, einige der heimlichen Gründe für meine Wunden verrät. Alle Kopfkissen kennen den Verrat. Wenn ich weinte, tat sie, als schliefe sie, damit sich in ihren Augen nicht meine Verzweiflung spiegelt und ich nicht mein Unglück sähe. Am Morgen bringt sie Kompressen für meine Augen und sagt, dass es die Überlastung sei. Gestern ist sie abgereist, sie will im Staub eines alten Hauses nach dem Schatz suchen, den ihr Vater versteckt hat, und nach den goldenen Löffeln, die ihre Mutter vergrub. Sie hat entdeckt, dass ihr die Gedichte, der verkrüppelte Reiter und die Augen voller Tränen weder Freude bereiten noch eine Beileidsbezeugung bringen werden.

22

Ich trat näher heran. Zwischen uns lag eine Rose, und in der Tasche seiner Jacke steckten alte Briefe. Ich trat noch näher heran. Ich vergaß, ihm zu sagen, dass all die Jahre, nach denen er sich erkundigte, Jahre des Wartens waren, dass ich dieses Kleid, das ich trage, nur für ihn gekauft habe, damit ich ihm gefalle, dass ich es nicht ertrage, dass er anderen Leuten schreibt, mir aber nicht, dass ich ihn liebe … Aber da ging er fort. Ich blieb zurück, und die Leere, die zwischen uns liegt, ist mit Angst erfüllt, mit Wunden, die er kennt, mit anderen Menschen, die sich zwischen uns schieben.

23

Gestern traf er meine Freundin. Er würde mich nicht kennen, sagte er. Sie hat es mir verschwiegen, ließ mich stattdessen Geschichten über ihn erzählen. Sie sprach nur davon, dass die Mühlen der Zeit alles zermahlen, selbst die Steine, aber als ich mich hinsetzte, um auf ihn zu warten, gab sie mir den Rat, schlafen zu gehen. Ich solle vergessen, sagte sie. Seinen Freunden hat er erklärt, dass ich langweilig sei und er mit mir nichts zu tun haben wolle. Ich konnte das in ihren Gesichtern lesen und wandte mich verzweifelt ab. Durchs Fenster wehte eine frische Brise herein, es war kalt. Aber ich öffnete dennoch meine Bluse, und da erzählte mir die frische Brise, dass sie ihn umweht habe und er mich nie wirklich gekannt hätte und seine Augen überhaupt nicht so schön seien, wie ich immer behaupte.

Er sieht nichts anderes als seine eigenen Ängste und die Lügen der anderen.

Er wird immer nur das glauben, was er glauben will.

Das alles sagte mir die frische Brise, und dafür habe ich sie gehasst.

Nun warte ich auf eine andere Brise, eine, die mir sagt: »Er liebt dich.«

## 24

Ich bin jetzt ruhig, wie immer nach einem Anfall von Traurigkeit. Ich strecke mich auf dem Boden aus und käue meine Sünden wieder.

Meine Hand sehnt sich nach deiner Wärme, mein Mund wird von Verlangen gepeinigt, mein Körper ist vom Warten zermürbt.

Ich verstecke mein Gesicht vor dem Spiegel, denn falls mein Bild mir begegnete, würde es sich über mich lustig machen und spotten: »Na los, mach ruhig noch einen Knopf auf, zeig deine Armseligkeit.« Es würde mir viel zu erzählen haben – über das Vergessen, die Vorzüge von Handschuhen, das Abstandhalten durch Schleier und Scheu, das Sichverschließen, Sichzurückziehen, Sich-still-Quälen, und hat es mir schließlich bestätigt, dass ich eine einzige große Enttäuschung bin, beendet meine Mutter ihr Gebet, birgt meinen Kopf in ihrem Schoß, sagt Zauberformeln auf und erzählt von den Menschen, die den bösen Blick haben.

Gehst du gelegentlich an mir vorbei, nicht daran denkend, dass du es warst, der mein Herz verwundet hat, wird die Schlaflosigkeit das Bett mit mir teilen und mir viel von Stolz erzählen, und ich – ich werde so tun, als glaubte ich ihr, nur um sie dann, bei Nacht, zu überlisten: Ich werde dich in die Arme nehmen und vielleicht sogar weinen an deiner Brust.

# *Anmerkungen*

Das Gedicht auf Seite 102 ist laut Anmerkung von Miral al-Tahawi dem Band *Ein altes Fenster* von Ibrahim Abd al-Fattah entnommen.

*Abaja* langer, mantelartiger Überwurf, den Männer und Frauen auf der Straße tragen

*Abd al-Halim* vollständiger Name: Abd al-Halim Hafiz, in den Fünfziger- bis Siebzigerjahren sehr berühmter ägyptischer Sänger

*Ali Ibn Abi Talib* von 656 bis zu seiner Ermordung 661 vierter Kalif, Schwiegersohn von Mohammed, Begründer der schiitischen Glaubensrichtung

*Azharit* Absolvent der Azhar-Universität; zweitälteste Universität der Welt, 970 als Moschee erbaut, 982 als Universität und Schule eingerichtet. Zentrum konservativer islamischer Selbstbesinnung, maßgeblich für die Bestimmung philosophischer Grundlagen im Islam, die Glauben und Politik umfassen

*Camp David* Ferienanlage des Präsidenten der USA. Dort fanden vom 6. bis zum 17. September 1978 Friedensverhandlungen zwischen Ägypten und Israel statt. Der Friedensvertrag wurde am 26. März 1979 in Washington durch den israelischen Ministerpräsidenten Menachem Begin und den ägyptischen Präsidenten Anwar as-Sadat unterzeichnet.

*Farida* erste Ehefrau von König Faruk, im ägyptischen Volk sehr beliebt

*Fatiha* die »Eröffnende«, erste Sure des Korans; wird bei vielen Gelegenheiten, freudigen und traurigen Anlässen, als Gebet gesprochen

*Galabija* weites, hemdartiges Gewand

*al-Ghazali* 1059–1111, gilt bis heute als größter Theologe des

Islam. Setzte sich mit dem Einfluss der griechischen Philosophie auseinander und zielte darauf ab, mystische Ethik und strengen Gesetzesglauben zu verbinden. Die hier zitierte Erzählung stammt aus seinem Werk »Die Wiederbelebung der religiösen Wissenschaften« (»Ihja' 'ulum ad-din«).

*Hassan al-Banna* 1906–1949, Lehrer, der 1928 die »Gesellschaft der muslimischen Brüder« (»Muslimbruderschaft«) begründete, der auch eine »Gesellschaft der Muslimschwestern« angeschlossen wurde. Sie kämpfte gegen Fremdherrschaft und für soziale Gerechtigkeit und forderte die Errichtung eines islamischen Staats beziehungsweise Staatenbundes. Damit war das Prinzip des modernen islamischen Fundamentalismus formuliert. Mitte der Dreißigerjahre war die Muslimbruderschaft eine straff organisierte, hierarchisch gegliederte und von al-Banna diktatorisch geführte Organisation. Hassan al-Banna wurde 1949 erschossen.

*Horus* ägyptischer Hauptgott, in Gestalt eines Falken verehrt

*al-Hussain* Enkel des Propheten Mohammed, wurde 680 u. Z. in der Schlacht von Kerbela im Irak getötet

*Ibn Hazm, Abu Mohammed Ali* 994–1064, lebte in Córdoba, deshalb auch »al-Andalusi« genannt. Lyriker, der sich der ritterlichen Liebe verschrieben hatte, aber auch Verfasser zahlreicher religiöser und historischer Abhandlungen. Sein bekanntestes Werk ist »Das Halsband der Taube« (»Tauq al-hamama«), das den Untertitel trägt: »Über die Liebe und die Liebenden«. Die hier zitierten Passagen wurden aus der deutschen Übersetzung von Max Weisweiler (erschienen bei E. J. Brill, Leiden 1942) übernommen.

*Ikal* Band aus Kamelwolle, das zum Halten der Kufija dient

*Kafr ad-Dawwar* In der dortigen Baumwollspinnerei gab es am 13. August 1952 einen großen Arbeiterstreik.

*Kavafis, Konstantinos* 1863–1933, neugriechischer Lyriker

*Khomeini* 1900(?)–1989, »Ayatollah«, iranischer Schiitenführer; betrieb als zentrale Persönlichkeit nach der Rückkehr aus dem französischen Exil 1979 die Errichtung der Islamischen Republik im Iran

*Kuhl* aus Antimon gewonnene schwarze Augenschminke

*Kufija* viereckiges Tuch, das als Kopfbedeckung getragen wird

*Laila Murad* berühmte ägyptische Sängerin und Schauspielerin, die ihre Karriere in den Dreißigerjahren begann und bis in die Fünfzigerjahre aktiv war

*Nagi al-Ali* berühmter palästinensischer Karikaturist, 1986 bei einem Attentat in London ermordet

*an-Nahhas, Mustafa* 1876–1965, führendes Mitglied der Wafd-Partei, wurde als »Held der Unabhängigkeit« gefeiert

*Nariman* zweite Ehefrau von König Faruk, die es wegen der großen Beliebtheit von Farida, der ersten Frau, schwer hatte, sich im ägyptischen Volk Ansehen zu verschaffen

*Omar al-Tilmisani* 1904–1986, schloss sich 1933 der Muslimbruderschaft an. Wurde 1954 nach einem fehlgeschlagenen Attentat auf den damaligen Präsidenten Gamal Abd el Nasser zu fünfzehn Jahren Haft verurteilt. Nachdem Anwar as-Sadat, seit 1970 Präsident, die Aktivitäten der Muslimbruderschaft wieder zuließ, wurde al-Tilmisani 1973 der oberste Führer der Bewegung, die den säkularistischen Staat ablehnt, die stufenweise Einführung der islamischen Rechtsprechung (Scharia) fordert und gegen das »westliche Kreuzrittertum« genauso kämpft wie gegen Israel und den jüdischen Glauben. Im September 1981 wurde al-Tilmisani erneut verhaftet, aber bereits zwei Monate später von Husni Mubarak auf freien Fuß gesetzt, der nach dem tödlichen Attentat auf as-Sadat, im Oktober 1981 von radikalen Muslims verübt, zum neuen Präsidenten gewählt worden war.

*Raga al-Gadawi* zunächst bekanntes Mannequin, dann auch Schauspielerin

*Ruka* ein kursiver arabischer Schriftduktus

*Saad Zaghlul* 1860–1927, zentrale Persönlichkeit der ägyptischen Nationalbewegung seit 1918, Begründer der Wafd-Partei

*as-Sadat, Anwar* 1918–1981, ägyptischer Präsident, der Anfang der Siebzigerjahre die »Öffnungspolitik«, d. h. die Ausrichtung auf den Kapitalismus, betrieb und bei einem Attentat getötet wurde

*Schadija* bekannte Sängerin und Schauspielerin

*Ud* lautenähnliches Musikinstrument

*Wafdist* Mitglied der Wafd-Partei (»Wafd«, dt.: »Abordnung, Delegation«). 1918 als Vertretung antikolonialer, nationaler ägyptischer Interessen gegründet

**Miral al-Tahawi** *Das Zelt*

Fatima wächst in einer Beduinenfamilie in der Wüste auf. Die älteren Schwestern sehnen den Tag der Hochzeit herbei und fürchten ihn zugleich, die Mutter verzweifelt, weil sie nur Töchter zur Welt bringt, und die tyrannische Großmutter hält alle Zügel in der Hand. Der geliebte Vater kommt und geht und bleibt doch nie.

Die Mauern des väterlichen Gehöfts lassen sich nur im Traum überwinden, das große Tor lässt sich nicht öffnen. Fatima muss sich gegen alle Widerstände ihre eigene Freiheit erschaffen.

»›Das Zelt‹ lebt von seiner Sprachkraft, von der Emotionalität seiner Sprache, aber auch von den ungekannt schönen Bildern. Die Autorin ermöglicht Einblicke in eine fremde, anziehende Welt und zeigt zugleich auf, wie modern die Literatur im Orient ist. Sehr, sehr empfehlenswert.«
*Uli Rothfuss, Wochenblatt*

»Mit radikalen Sprachbildern, in teils halluzinierenden, teils nüchtern reportierenden Sätzen erzählt, schwankend zwischen Realität, Traum und Albtraum, bringt Miral al-Tahawi einen neuen Ton in die ägyptische Literatur. Was die Lektüre bei aller Trostlosigkeit des Erzählten dennoch faszinierend macht, sind die Wut, die Sehnsucht und die poetische Kraft, die aus dieser jungen Sprache klingen.«
*Susanne Schanda, Berner Zeitung*

»Ein karges Dasein in einer kargen Welt – Fatimas Fantasie blüht umso mehr, sie erfindet Geister und Geschichten, die sie aus der Wirklichkeit herausführen, aber auch eine gefährliche Distanz zu ihrer Familie schaffen. Miral al-Tahawis Roman zeichnet ein archaisches Bild vom Leben der Beduinen, ganz ohne die folkloristische Farbigkeit, die uns als Touristen so gern vorgeführt wird.«
*Christiane Schwalbe, Radio Bremen*

**Arabische Welt im Unionsverlag**

---

**Mahi Binebine** *Kannibalen*
Am Strand von Tanger wartet ein Grüppchen Flüchtlinge eine endlos lange Nacht auf die Überfahrt nach Europa. »Ein Buch, das hinter die Agenturmeldungen über Flüchtlingsdramen und Asylstatistiken schauen lässt, mit Witz und Sinn für Situationskomik erzählt.« *Riehener Zeitung*

**Driss Chraïbi** *Die Zivilisation, Mutter!*
Der Weg dieser marokkanischen Mutter führt aus einer archaischen Welt mitten in die Turbulenzen dieses Jahrhunderts. Stolz, sprühend und selbstbewusst erobert sie sich die Welt.

**Assia Djebar** *Das verlorene Wort*
Nach zwanzig Jahren in Frankreich kehrt Berkane nach Algerien zurück. In einem Haus am Meer, später reisend, fotografierend, will er wieder Fuß fassen. Erst in der Begegnung mit Nadjia findet er wieder zu seiner Vergangenheit. »Dies ist eines von Djebars bewegendsten Büchern.« *Le Monde*

**Sahar Khalifa** *Die Verheißung*
Ein Roman aus dem Herzen Palästinas und die Geschichte einer dreifachen Liebe: zwischen einer Christin und einem Muslim, zwischen den Generationen und zu der Stadt, die einst eine Hoffnung war – Jerusalem.

**Nagib Machfus** *Die Reise des Ibn Fattuma*
Machfus nimmt uns in diesem märchenhaften Roman mit in ferne, vergangene Welten, die erstaunlich gegenwärtig sind – und er zeigt uns, wie absurd es ist, in einer Ideologie sein Glück zu suchen.

**Malika Mokeddem** *Die blauen Menschen*
Leila, die am Rande der algerischen Wüste aufwächst, besucht als erste Frau ihres Clans die Universität. Die Tradition ihrer Vorfahren, der »blauen Menschen«, ist für sie der Auftrag, immer wieder neu aufzubrechen.

**Selim Nassib** *Stern des Orients*
Der Lebensroman der Sängerin Umm Kalsum
»Wenn sie die Stimme erhob, sank der Orient nieder, ergriffen bis ins Herz, in allen Sinnen bebend. Sie war des Volkes Stimme. Callas und Evita Perón in einem: die ägyptische Sängerin Umm Kalsum.« *Der Spiegel*

---